Tucholsky Wagner Zola Scott Sydow Freud Schlegel
Turgenev Wallace Fonatne
Twain Walther von der Vogelweide Fouqué Friedrich II. von Preußen
Weber Freiligrath Frey
Fechner Weiße Rose von Fallersleben Kant Ernst Frommel
Fichte Richthofen
Hölderlin
Engels Fielding Eichendorff Tacitus Dumas
Fehrs Faber Flaubert Eliasberg Ebner Eschenbach
Feuerbach Maximilian I. von Habsburg Fock Eliot Zweig
Ewald Vergil
Goethe Elisabeth von Österreich London
Mendelssohn Balzac Shakespeare Dostojewski Ganghofer
Trackl Lichtenberg Rathenau Doyle Gjellerup
Stevenson Hambruch
Mommsen Tolstoi Lenz Droste-Hülshoff
Thoma von Arnim Hanrieder
Dach Verne Hägele Hauff Humboldt
Reuter Rousseau Hagen Hauptmann Gautier
Karrillon Garschin
Defoe Hebbel Baudelaire
Damaschke Descartes
Hegel Kussmaul Herder
Wolfram von Eschenbach Dickens Schopenhauer
Darwin Melville Grimm Jerome Rilke George
Bronner Campe Horváth Aristoteles Bebel Proust
Bismarck Vigny Barlach Voltaire Federer Herodot
Gengenbach Heine
Storm Casanova Tersteegen Grillparzer Georgy
Chamberlain Lessing Langbein Gilm Gryphius
Brentano Lafontaine
Strachwitz Claudius Schiller Kralik Iffland Sokrates
Bellamy Schilling
Katharina II. von Rußland Gerstäcker Raabe Gibbon Tschechow
Löns Hesse Hoffmann Gogol Wilde Vulpius
Luther Heym Hofmannsthal Klee Hölty Morgenstern Gleim
Roth Heyse Klopstock Kleist Goedicke
Luxemburg Puschkin Homer Mörike Musil
La Roche Horaz
Machiavelli Kierkegaard Kraft Kraus
Navarra Aurel Musset
Nestroy Marie de France Lamprecht Kind Kirchhoff Hugo Moltke
Laotse Ipsen Liebknecht
Nietzsche Nansen Ringelnatz
Marx Lassalle Gorki Klett Leibniz
von Ossietzky May vom Stein Lawrence Irving
Petalozzi Platon Knigge
Sachs Pückler Michelangelo Kafka
Poe Liebermann Kock
de Sade Praetorius Mistral Zetkin Korolenko

Der Verlag tredition aus Hamburg veröffentlicht in der Reihe **TREDITION CLASSICS** Werke aus mehr als zwei Jahrtausenden. Diese waren zu einem Großteil vergriffen oder nur noch antiquarisch erhältlich.

Symbolfigur für **TREDITION CLASSICS** ist Johannes Gutenberg (1400 — 1468), der Erfinder des Buchdrucks mit Metalllettern und der Druckerpresse.

Mit der Buchreihe **TREDITION CLASSICS** verfolgt tredition das Ziel, tausende Klassiker der Weltliteratur verschiedener Sprachen wieder als gedruckte Bücher aufzulegen – und das weltweit!

Die Buchreihe dient zur Bewahrung der Literatur und Förderung der Kultur. Sie trägt so dazu bei, dass viele tausend Werke nicht in Vergessenheit geraten.

Rumänisches Intermezzo

Hugo Marti

Impressum

Autor: Hugo Marti
Umschlagkonzept: toepferschumann, Berlin

Verlag: tradition GmbH, Hamburg
ISBN: 978-3-8424-0931-6
Printed in Germany

Text der Originalausgabe

Hugo Marti

Rumänisches Intermezzo

Verlag A. Francke A.-G.

Bern 1926

Stadt und Kloster

Es war schon Abend und ringsum herbstlich frühe Dunkelheit, als mich die Eisenbahn über flaches Land der fremden Stadt zutrug. Mit erregter Neugier, die Mühsale und Ermüdungen der vieltägigen Reise in Körper und Geist vergessend, spähte ich ihr entgegen als dem rätselvollen Grund und Boden, auf dem mir neue, ungewohnte Pflichten das Neue, Ungewohnte der Luft, Sprache und Sitten nicht leichter erfaßbar machen würden. Die Aufgabe offenen Sinns zu meistern war mein Vorsatz; darum ließ ich hinter dem dunkel bewaldeten Gebirgskamm der Karpathen nicht nur ohne Reue ein ziellos vertanes Jugendleben zurück, sondern auch mit lächelndem Gruß, den mein Herz spendete, den letzten meinem Ohr verständlichen Laut der mütterlichen Sprache, die dort, versprengt unter fremdem Klang, sich weich erhalten hat. Ich ahnte in neuen Gesichtszügen, neuer Gewandung, die weiß hinter breitgehörnten Ochsen durch die herbstreife Landschaft schimmerte, und neuem Baugesetz, das sich in flachen schilfgedeckten Lehmhütten verkündete, den neuen Beginn eigenen Erlebens, kräftigen Wachstums und die jähe Erweiterung dessen, was mir anzueignen beglückende Möglichkeit war.

Von einem mitreisenden Offizier, der sich unaufgefordert als meiner Sprache kundig erwiesen und mich auf die Befestigungswälle aufmerksam gemacht hatte, die in weiten Kreisen die Stadt umzogen und deren baumlose Rundungen das Auge im Dämmer des Abends flüchtig erfaßte, ließ ich mir den Namen der Straße, wo ich abzusteigen hatte, und die Nummer des Hauses mehrmals vorsagen, bis meine Zunge den schnalzenden Klang mühelos hervorbrachte, nahm dann mein kleines Gepäck an mich und verließ, als der Zug unter heftigem Ruck und Schnauben endlich stille stand, den Wagen, der mich hergeführt und mich bisher des eigenen Entschlusses enthoben hatte, und suchte mir nun unter dem lauten Getümmel, das Bahnsteig und Halle erfüllte, den Weg. Da ich meine Ankunft vorher anzuzeigen bei der kriegerischen Verwirrung der Länder, durch die ich hergereist war, keine sichere Gelegenheit gefunden hatte, durfte ich nicht damit rechnen, erwartet oder gar abgeholt zu werden; doch war die Stunde noch nicht so sehr vorgerückt, daß ich es nicht hätte wagen dürfen, das Haus, in dem ich immerhin angemeldet war, noch am gleichen Abend aufzusuchen. Ich wußte, es war geräumig genug und von so ausgiebiger Dienerschaft besorgt, daß auch für den spät und überraschend Eintretenden ein Raum zur Verfügung hergerichtet werden konnte.

Die Reihe der Wagen, die ich auf holprigem Pflaster vor dem rußigen Bahnhofgebäude vorgefahren fand, ließ mich zögern: die wohlgepflegten Pferde und die gewichtigen Kutscher, deren bauschige Samtröcke bis zu den Schuhen herabfielen und von farbigen Schärpen oder metallverzierten Gürteln lose zusammengehalten waren, kamen mir, beide auf ihre Art, von so edelm Gehaben und Geblüte vor, daß ich nicht glauben mochte, sie ständen zu allgemeinem Gebrauche da. Weil ich aber einen um den andern von laut rufenden Reisenden geheuert und mit hoch beladenem Gefährt abziehen sah, machte auch ich mich heran, schnalzte meinen Bestimmungsort hervor und bestieg entschlossen die schaukelnde Kalesche. Wohl wandte sich der bartlose Riese auf dem Bock herum und sprach mir mit demütig gedämpfter Fistelstimme eine längere Rede vor, doch da ich nicht antwortete, sondern nur wiederholt mein Ziel in seinen Redefluß hineinschnalzte, zuckte er die Schultern und raffte die Zügel. Holpernd fuhren wir davon.

Später erst erfuhr ich, daß die samtenen Pferdegewaltigen dieser Stadt einer verbreiteten, aus Rußland vertriebenen Sekte angehören, die ihrem Gott zu dienen hofft, indem sie der Natur und eigenen Anlage mit gewaltsamem Eingriff ein Schnippchen schlägt und ihre rundlich gedunsene und bartlos weibische Abart einer Nachkommenschaft vorzieht; später auch lernte ich erst, daß nicht der Wagenführer, der die ausgedehnte Stadt schlecht kennt, sondern der Fahrgast den Lauf der raschen Reise lenkt, indem er durch seinen Stock oder Schuh in entschlossenem Hieb und Stoß dem Samtklotz von einer Straßenecke zur andern die Richtung befiehlt.

Mein Kutscher schien zu meinem Glück von der Stadt ein mehreres, als gebührlich von ihm verlangt werden durfte, zu kennen; er führte mich durch breite, doch recht verwahrloste Straßen, die sich später als vorläufiges Vorstadtgelände erwiesen, und ich hatte, mit Auge und Ohr dem Leben um mich hingegeben, Gelegenheit, Bilder und Geräusche von allerdings fülliger Ungewohnheit aufzunehmen. Viel Volk zog straßenauf und -ab: die Männer in ihren weißgrauen Hemdkitteln, die ihnen bis auf die Knie gehen, und mit jenen Lederhüllen an den Füßen, worin ihr Schritt das schlurrend behende Gleiten von Tierpfoten kriegt, die Frauen oft mit einer dunkleren, ärmellosen Jacke oder Fellweste eng um die breite Brust, am steilen Nacken schimmernden Tand von Steinen und Metallschmuck, auf nackten Sohlen mit federnder Leichte rasch ausschreitend, wobei der seitlich geschürzte Umwurf klaffend den straffen Knöchel und das feste Bein enthüllt; ein farbiges Kopftuch rahmt das ruhige Bild der Gesichtszüge und der groß und neugierdelos offenen Augen. Die balgenden, schreienden Kinder scheuchte der harte Prall der Pferdehufe auf dem buckligen Steinpflaster oder ein gedehnter Zuruf meines würdevoll mächtigen Kutschers, daß sie aufschnellend unter dem nickenden Kopf des Tiers entstoben und johlend dann hinter dem Wagen hertollten, mit schmutzigen Händchen nach dem Sitz greifend, in dem ich halb vorgebeugt einherrumpelte. Mir riß bald hier, bald dort ein Lichtschimmer aus offenem Gelaß, eine schwankende Laterne unter dem Bretterdach den Blick zur Seite: Handwerkerbuden mit schweren Trauben jener Lederschuhe, die hellbraun und biegsam geschickte Arbeit verrieten, Trödelstätten mit farbigen Tüchern und Bändern – rote Bändchen sah ich zierlich in die Mähnen der Pferde geschlungen und um die Hörner der Ochsen gewunden, deren langsame Gespanne wir überholten –, saftiges Gemüse zu Haufen gestapelt, Lauch und Kohl, Eier in Spreuer gebettet, und daneben schwarze Pfannen über flackernden Feuern und glimmenden Kohlen, in denen Mais geröstet und Sonnenblumenkerne knusprig gedörrt wurden, offene Garküchen, die einen Schwall Fischgeruch ausdampften, und jene Bretterbuden ohne Wände, wo Männer auf wackligen Stühlen aus kleinen Tassen glühheißen, kräftigen Kaffee schlürften, der im Hintergrand umsichtig, beinah Schluck um Schluck, mit gezuckertem Wasser und staubfein gemahlenem Pulver zubereitet ward. Auch eine Auslage von Schmuckzeug, knolligen Uhren und aufgeschichteten Brillen nahm mein Auge mit rascher Befriedigung wahr; sie gab mir die Hoffnung, ich könnte hier vielleicht am nächsten Tage mein eigenes Sehstück, meine Brille flicken lassen, die mir in der Nacht vorher ein bulgarischer Offizier, mit dem ich das stinkende Quartier in einem siebenbürgischen Gasthof zu teilen gezwungen war, unbrauchbar gemacht, als er sie, in Trunkenheit und Dunkel durch die Kammer tastend, vom Tisch herabgewischt und unter die stolpernden Stiefel getreten hatte.

Mählich erschienen mir nun die Straßen, durch die ich spazieren gefahren wurde, sauberer, und die Steinhäuser, die sich bald in fester Folge aneinander reihten, wichen nicht von der durchschnittlichen Häßlichkeit europäischen Geschmackes ab und versprachen in dieser Sache keine Aufregung mehr, so daß ich, zumal ein feiner Regen zu sprühen angefangen hatte, mich ermüdet vom Schauen unter das Halbdach der Kalesche zurückzog. Dort mochte ich beinahe leicht eingeschlummert sein, als der Wagen plötzlich, wie mir schien, stille stand und der Kutscher mit seiner Hand seitlich auf ein großes Gebäude zeigte, dessen weiße Front hinter dunkelm Buschwerk des Vorgartens aufstieg zum finstern, vom Widerschein der Stadt zuckend angeglühten Himmel. Ich stieg rasch aus, vertrauend darauf, daß ich am rechten Ort abgesetzt worden sei, entlöhnte und entließ den Samtkoloß mit seiner weichen Mädchenstimme und wandte mich durch die breite Einfahrt einer torgleichen Halle zu, wo ich die Haustür vermutete.

Indes mir beim Nähertreten ein Zweig wippend feucht ins Gesicht klatschte, hob ich nun jäh den Kopf und bemerkte endlich, was ich wohl schon längst stumpf gesehen hatte: daß in der ganzen Front, in den hohen Fenstern kein einziges Licht war und daß auch der seitliche Hof, in den ich durch die Halle hineinsah, vom stillsten und dichtesten Dunkel erfüllt schien. Eh ich noch Möglichkeiten und Folgen meiner absonderlichen Lage erwogen hatte, griff schon die Hand, eigenem Handeln erbötig, zum leuchtenden Metallknopf und schellte, daß es dröhnend irgendwo fern im weitläufigen Hause erklang. Aus der Hoffinsternis schoß, noch schwärzer als die Nacht, alsbald ein kugliges Tier bellend hervor und umkreiste mich kläffend und schnuppernd; doch schien es weniger gefährlich als erregt zu sein. Aus dem Hofe her zitterte nun auch ein Lichtstrahl durch die regenfeuchte Luft, eine Tür knarrte fern und ein Schritt ward laut. Der Hund stob zurück, scheltende Rufe wehrten seiner Zudringlichkeit, ich sah im Flackerschein ein ängstliches Frauengesicht, das umsonst die Nacht durchspähte und mich in Lauten, die ich nur dem Sinne nach erfaßte, anrief. Ich antwortete, indem ich guten Abend wünschte, meinen Namen nannte und um Einlaß bat, da ich doch einzig zu diesem Zweck die weite Reise getan, auf

Wunsch des mir noch unbekannten Hausherrn in solch unruhigen Kriegszeiten unternommen und vollbracht hätte. Diese von mir klar und deutlich gesprochenen Worte schienen zwar nicht verstanden, doch aber gebilligt zu werden; die Frau verschwand murmelnd, der Hund mit ihr, und bald erstrahlten da und dort im Hause Fenster: ich wurde eingelassen.

Auf der Flurtreppe stand ich der Frau wieder gegenüber. Beide zögerten wir, sprachen dann in verschiedenen Sprachen aufeinander ein, verstummten mit einem Lächeln, das Wohlwollen bezeugte und stille Musterung des andern gestattete. Das Weib, schon ältlich, grauen Haars, mochte eine Haushälterin oder Schaffnerin sein; dies schien mir auch ihr zwischen bissiger Strenge und weinerlicher Wehmut wechselnder Ausdruck zu sagen. Ihre notdürftig verhakten Kleiderstücke verrieten, daß sie wie offenbar das ganze Hausgesinde schon in gemächlicher Zurückgezogenheit den stilleren Betätigungen des Abends hingegeben gewesen war, etwa dem Schreiben eines Briefs an ferne Verwandte oder gar der Andacht, aus welchen sie nun meine unvermutete Ankunft und der schrille Schrei der Hausglocke herausgestört hatten. Aus der Sprache ihrer Hände, dem ferienhaft verstaubten Aussehen des Flurs mit den nackten Kleiderständern und den verhängten Sesseln und Bildern verstand ich bald, daß ich in ein zurzeit verlassenes Haus geraten sei. Ich zuckte bedauernd die Achseln, fragte, schüttelte den Kopf; die Alte sah mich starr an, als bedächte sie bei sich einen Ausweg aus dieser Sackgasse der Unterhaltung, wandte sich dann rasch ab und rief gellend durch das hohe Treppenhaus hinauf: »Katinka!«

Wie ein hinter den Kulissen bereitgestellter Engel, der auf sein Stichwort wartet, glitt eine weiß flatternde Gestalt, auch sie offenbar der Bettruhe entrissen, über die Treppen herab, steckte sich im Flug das schwarze Haar hoch und begrüßte mich knixend: »Guten Abend, Herr. Sie belieben?« Daß ich lachend diesen Ausruf beglich, schien die Alte nicht zu billigen; streng sprach sie und eindringlich zu dem Wesen, das sich als notdürftig zweisprachig erwies und uns nun als Dolmetsch diente, nicht ohne, wie ich bald merken konnte, die sachlichen Auskünfte, Entschuldigungen und Vorschläge der Wirtschafterin mit eigenen Meinungen, Ratschlägen und Scherzen zu verbrämen. Also plaudernd geleitete man mich über Treppen und durch Gänge in ein fernabliegendes Zimmer, das wohl für mich bestimmt sein mochte und wo die beiden Frauen eilig, doch unter stetem Geschwätz der jüngeren ein Bett herrichteten, Wasser in die Krüge sprudeln ließen und mich einquartierten.

Ein von mir unvorsichtig geäußerter Wunsch, ob nicht ein kaltes Abendbrot zu beschaffen wäre, wurde von Katinka eifrig und, wie ich wohl beobachtete, mit Uebertreibung in einen starren Befehl verwandelt, der die Haushälterin in Verlegenheit versetzte. Ihre Blicke lagen forschend auf mir, als wollten sie von meinem Aussehen die Ermüdung tagelanger Reisen ablesen, und dann kam aus ihrem Mund ein knapper, vernünftiger Bescheid, der mir so übermittelt wurde: »Du gehst in einen Gasthof essen, wo es fein ist; hier haben wir nichts für dich. Ich gehe mit dir; wir gehen beide in den Gasthof.«

Ich nickte zögernd, doch war es mir recht, da ich in so später Stunde keine Zeit zu eigener Erkundung der Stadt übrig hatte. Rechtsumkehrt verschwand der Engel Katinka; was in wenigen Minuten wieder lächelnd erschien, war ein in zierlicher Bescheidenheit aufgeputztes Dämchen, mit breitem Hutrand über den dunkeln Augenbrauen, knapper Jacke über den Hüften, schmalem Schuhwerk und hellen Handschuhen, die es sich über die Finger streifte.

Hier griff die Schaffnerin entschlossen ein. Mit heftiger Stimme schalt sie Katinka aus, deren Augen halb spöttisch, halb Hilfe heischend nach mir gingen und mich zum befehlenden Wort ermunterten; doch schwieg ich, nicht willens, der Alten in ihren Machtbereich einzubrechen. Immer scheltend schob sie die murrend und kläglich Widerredende aus meinem Zimmer hinaus, dann hörte ich sie ferner rufen und pochen, und endlich kam sie mit einer dritten Frauensperson gesetzten Alters und stillen Aussehens zurück, stellte sie mir als Anika vor, gab ihr kurzen Befehl, dreimal den gleichen, und entließ uns.

Anika nun trippelte barfuß neben mir her die Treppen hinunter, band sich ihr helles Kopftuch fest um die noch dunkeln Haare und nahm mich, kaum hatte sie die Haustür hinter uns ins Schloß gezogen, an der Hand; trocken hart, von den Spuren der täglichen Arbeit gefurcht, schlossen ihre Finger sich um die meinen, die ich ihr ruhig ließ. Sie schwatzte auch, und da ich ihr, die ich nicht verstand, keine Antwort zu geben hatte, blickte sie flüchtig zu mir empor, ließ sich jedoch keineswegs einschüchtern, sondern plauderte weiter, als ob sie damit ihre Pflicht ohne Aussicht auf Lohn oder Anerkennung vollbrächte.

Sie führte mich durch Straßen kreuz und quer, über Plätze und an öffentlichen Gärten vorbei, riß mich dann zum Verdeck einer vorbeiklingelnden Pferdebahn hinauf, wo sie das Fahrgeld für uns beide bezahlte, drehte den Menschen, die uns erstaunt begafften, den Rücken und schien sie halblaut zu schelten, wies mir dann wieder hellerleuchtete Auslagen, spazierende Uniformen, rollende Wagen; zerrte mich plötzlich vom Verdeck herab, überquerte die Straße und schob mich durch eine Drehtür in ein großes, von Menschen und Musik erbrausendes Speisehaus hinein. Als ich mich wartend umwandte, war und blieb sie verschwunden.

An meinem Tisch, der Stillung plötzlich erwachten Hungers dienend, überdachte ich meinen Einzug in die fremde Stadt, sonderte Zufälliges von Wesentlichem, Natürliches von Gekünsteltem, und verweilte dankbar bei dem tröstlichen Bilde menschlicher Ungezwungenheit, mit der mich die Dienerin Anika ohne Scheu noch Geziertheit, fast mütterlich an der Hand zu dieser Stärkung des Leibes geführt hatte. Doch befielen mich, als ich nach einer geraumen Weile die Heimkehr beschloß, Zweifel und Angst, wie ich den weiten Weg, den ich ja nicht selber abgehaspelt, wieder zurückspulen würde. Rasch bezahlte ich meine Zeche, beklommen verließ ich das Haus, spähend auf und ab stand ich vor der stetsfort bewegten Türe.

Da löste sich seitlich von der Mauer, wo sie still auf ihren Fersen gekauert, vom rieselnden Regen kaum beschützt mich erwartet hatte, Anikas dunkle Gestalt aus dem Dunkel der fremden Nacht; ihr Mund lächelte zu mir empor, mit einem raschen Ruck schob sie das Kopftuch über die Stirn zurück, und ihre harte, trockene Hand ergriff wieder die meine, führte mich durch das Gewimmel der Straßen und des späten Treibens, führte mich heim, wo ich nun satt und müde, nach Nächten kärglichen Ruhens in ratternden Wagen, schmutzigen Herbergen, das reinliche Linnen kühl um die schläfrigen Glieder genoß.

In der Zimmerecke mit letztem Blick, eh das Licht erlosch, sah ich die fremde, dunkelhäutige, östliche Mutter Gottes aus silberstarrendem Schmuckrahmen stille leuchten; ihr Auge, groß und neugierdelos offen, bekannte die stolze Demut der Dienerin Anika.

Wie ein leerer Raum breitete sich anfangs die Stadt, das fremde Land, das neue Leben um mich; ihn rasch zu durchschreiten und hinter mich zu bringen, galt es nun vor allem. So lange ich nicht den Gruß, daß er verstanden und erwidert wurde, sprach und den Rhythmus fühlte, der im Schritt des einzelnen, im Drang der Gasse und des Marktes pulste, war die gläserne Wand der Fremdheit wie ein lästiger Käfig um mich. Ich mußte vergessen, wer ich war, um zu erkennen, wo ich war.

Tagelang, vom frühen Morgen bis in die tiefe Nacht hinein, durchkreuzte ich das Gewirr der Stadt. Da mir der Zufall meinen Beruf, einen rumänischen Knaben in die Kniffe gangbarer westlicher Bildung einzuführen und ihn sonstwie zu dressieren und zu unterhalten, wohlwollend um einige Tage hinausgeschoben hatte, war ich Herr meiner Stunden. Nicht einmal zu jeder Mahlzeit kehrte ich in das stille Haus zurück, wo ich, allein in dem bedrückend weiten und hohen Saal an der Schmalseite des mächtig langen Tisches schmausend, keine andere Unterhaltung fand, als der Reihe nach die fünf in farbiges Holz geschnitzten Köpfe der Kinder zu betrachten, die vom dunkeln Wandgebälk herab in mehrfacher Wiederholung in die dämmerige Halle starrten; wobei mir allerdings die gesprächige Katinka, die sich die Bedienung am Tisch nicht hatte nehmen lassen, wertvollen Aufschluß über Wesen und Art der Kinder und der Familie gab, so wie sie die Herrschaften nun einmal begutachtete. Lieber ließ ich mich in einer der vielen winkligen Speisestätten der inneren Straßen nieder, nachdem ich mir einige Zeitungen erstanden hatte; dort stellte ich mir meine Mahlzeiten nach Augenschein zusammen, holte mir aus Töpfen, Fässern und Körben, was mir gefiel und schmeckte, und vertraute mich bald mit dem Zwinkern des Einverständnisses der wohlmeinenden Sorge des Koches an, der seine Gäste eigenhändig bediente. Bei einem Albanesen, der in einer engen Nebengasse ein reiches Lager landesüblicher Leckereien verwaltete, fühlte ich mich besonders wohl;

während ich, an einem umgestülpten Fasse sitzend, seine zarten Gemüse, strammen Fische und herben Früchte genoß, beriet er in einem Winkel mit aufgeregten Landsleuten das Schicksal seiner Heimat, die Möglichkeiten raschen Umsturzes und dringender Verbesserung. Von den Beschlüssen ihrer zischelnden, jäh aufbrausenden und kummervoll verstummenden Beratungen gab er mir, als einem ungefährlichen Fremden, in säuselndem Deutsch geflüsterte Kenntnis, die er unvermittelt und in gleicher Leidenschaft mit kulinarischen Weisheiten spickte, etwa so: »Der fremde Herrscher hat unsere alten Rechte in den Boden getreten; müssen wir uns dies gefallen lassen? Sie denken gewiß wie ich und meine Brüder, die wir die Freiheit lieben wie Sie. Lieben Sie auch den Maiskolben, den ich am offenen Feuer geröstet habe? Mit Butter bestrichen natürlich. Er wird der Gewalt weichen müssen, wenn er dem eigenen Verstand nicht folgt. Versuchen Sie einmal diese Artischoke . . .«

In den Vormittagsstunden trieb ich mich auf dem Markt herum. Rumänische Bauern, hager und braun in ihren weißen Kitteln, schlenkerten ganze Bündel lebender Hühner, an den Beinen zusammengekoppelt, vor den Augen feilschender Weiber. Bulgarische Gärtner, denen die braunen Sackhosen tief zwischen den Knien hingen, stapelten saftiges Gemüse, pralle Wurzelknollen und wohlriechende Kräuter auf. Türken im roten Fes, ruhiger spähend im wogenden Gedränge, gruben blanke Eier aus dem Spreuer ihrer Körbe. Im schmalen Schatten der Häuser hockten die Blumenmädchen, dunkle Zigeunerinnen, die mit kreischender Stimme einander beschimpften oder lachten, daß ihre weißen Zähne heller als die Glasperlen auf ihren Brüsten schimmerten; in flachen Bastkörben trugen sie wiegenden Ganges auf federnden Sohlen die rauschende Farbenpracht ihrer halboffenen Rosen durch die flimmernde Glut der Straßen. Die Kohlenverkäufer brüllten heiser an den Hausmauern empor, schmeichelnd sangen die Zuckerwarenhändler ihr blasses Schleckwerk aus, und die Wasserträger stapften wie mürrische Lasttiere durch die drängende Menschenflut, am Rücken und auf den breiten Schultern das blitzende Gefäß, am Gürtel die klirrenden Trinknäpfe.

In der Handelsstraße der Juden lagen die Warenballen, die Schuhstapel, die Kleiderhaufen weit über den Fußsteig hinaus. Jeder begehrliche oder musternde Blick wurde mit heftigen Gebärden eingefangen, angelockt und nur mit Bedauern wieder losgelassen. Meterstäbe fuchtelten wild in der Luft, rauschende Stoffe wurden dem Vorübergehenden umgeworfen, geschmeidige Opintschen nackten Füßen angepaßt, hohe Fellmützen über strähnig wirres Haar gestülpt. Durch all diesen Trödelkram, durch die lärmende Geschäftigkeit und die wimmelnde Enge der Straßen stöckelte, Blick links, Blick rechts aus dunkel ummalten Augen, die wieselrege Bukaresterin, Gemisch aus entfesseltem Osten und nachgeäfftem Westen, von greller Mittagssonne das neueste Abendkleid, Modell aus Paris, unbekümmert bestrahlen lassend, den mattbraunen Wangenflaum angeborener Lieblichkeit unter Puder und Rot zwangvoll begrabend. Die Männer, Arm in Arm, auch im modisch gepufften bunten Rock schnürender Uniformen, stelzten gemächlich nach, warfen sich zu stundenlanger Rast auf die Stühle vor den Kaffeehäusern, schlürften durch das Röhrchen erfrischend kaltes Wasser und musterten langen Blickes, aus politischen Debatten und Skandalklatsch jäh verstummend, vorüberschaukelnde Hüften und straffe Fessen.

Am dritten, vierten Tag hatte ich aus den Zeitungen die gebräuchlichen Schlagworte rumänischer Alltagssprache gelernt, aus dem Tingeltangel die vorletzten französischen Anzüglichkeiten und die kurantesten ungarischen Weisen, aus dem Lärm der Straße den Herzschlag der Stadt herausgehört. Er war vom Fieber durchjagt. Der Weltkrieg preßte sich an die Grenzen des Landes. Der Hunger Europas schacherte um das Brot des rumänischen Ackers. Das Gold, mühelos gehäuft, kerkerte mit gleißender Mauer den freien Willen ein. Der Bruder traute dem Bruder nicht; Gier und Angst würgte beide.

Eines Abends, da ich müde von der Straße in die gespenstisch stillen Räume des Hauses zurückkehrte, rief mich telephonische Unterredung nach Sinaia hinauf. Ob ich nicht davor zurückschrecke, Herbst und Winter in der verlassenen Einsamkeit der waldigen Berge zu verbringen? Ich packte am nächsten Morgen meinen Koffer und verließ die Stadt. Ihr Lärm, mir lange noch im Ohr, ging unter in der großen Stille der Wälder.

Hier stand, hoch über dem Fluß und der fauchenden Eisenbahn, deren schriller Pfiff in die abgelegenen Täler zu Wolf und Bär drang, das Kloster. Es stand zuerst da, in einer Rodung des Waldes, auf der Kuppe eines Hügels, der in seiner Kegelform den Wallfahrer an den heiligen Gesetzesberg Sinai erinnern mochte. Von den Karpathenweiden herab ging der Weg in die Ebene an seiner engen Pforte vorbei, an den hell schimmernden Mauern, die Hof und Brunnen und Gotteshaus einschlossen und gegen Türkenwut und reißendes Wild bewahrten. Später kamen einige Hütten dazu; es wurde zum Paßdorf in den Wäldern, zum Rastort der Säumer. Die romantische Carmen Sylva entdeckte es für die Welt und für die Mode; sie brach in den Klosterfrieden ein und machte aus der Einsamkeit ihre Sommerfrische. An die weiße Wand der Zelle, in der sie wohnte, kritzelte sie mit steifem Bleistift die würdigen Spitzbärte des königlichen Hofstaates. Im Dämmer der alten Tannen, durch die der Wind machtvoll orgelt, spann sie ihre sentimentalen Träumereien. König Carol, auf die Dauer mönchischer Einfachheit wohl überdrüssig und hohenzollerschem Bauspleen gehorchend, protzte ein üppiges Jagdschloß in die friedsame Wildnis, eine zusammengebackene Abbreviatur vieler Stile, und warf eine kleine Garnison, einen Troß Lakaien und sein Jagdgesinde in die menschenferne Stille des Hochtals. Ein verputztes Kasino am Fuße des Klosterberges, ein geräumiges Hotel und einige Fabrikschlote bewiesen bald, daß Sinaia Tagedieben wie Taglöhnern ein Auskommen zu bieten vermochte.

In eine Falte des grünen Klosterberges geschmiegt, lag das kleine Haus, in dem mir Unterkunft bereitet war. Eine Frau in rüstigen Jahren empfing mich; ihre Mutter, die alte Paraskiva, schob das magere Gesicht unter dem großen schwarzen Kopftuch durchs Fenster zu ebener Erde heraus und sprach mir in langer Rede den Willkommgruß, zum Schluß schlugen ihre gichtknotigen Finger über mir das Kreuz, langsam, dreimal. Bald erfuhr ich, daß sie mit dem Kloster enge Beziehungen pflog, kaum eine Messe versäumte und den letzten Bruder vertraulich kannte. Da sie gesprächig war, hielt ich mich gerne bei ihr auf, wenn sie etwa im Gärtchen die noch warme Herbstsonne suchte, und erfuhr so manches über die Mönche, ihr Leben und ihre Regeln. In einer Truhe bewahrte sie sorgfältig als ihren teuersten Schatz ein Nonnengewand, das sie, ich weiß nicht mit welchem Recht, im Sarg dereinst zu tragen hoffte.

Eines Tages hatte sie es einzurichten gewußt, daß in ihrer Begleitung der Bruder Bibliothekar aus dem Kloster mich traf. »Bruder Justinian«, sagte sie, »will dir gerne Führer sein.« Ich suchte ihn bald darnach auf, und wir wurden gute Freunde.

Weithin ging von den breiten Bogenfenstern und der Wandelhalle der äußeren, neuen Klosterbauten der Blick über Berg und waldiges Tal, auf die buckligen Weidehöhen, wo in sömmerlicher Einsamkeit Schafherden monatelang weilten, und hinauf zu den machtvoll getürmten Felsenbergen und zu den gerippten silbernen Gräten, um deren Gipfel und Namen das Geheimnis uralter Opferstätten witterte.

Bruder Justinian schloß mir die Bibliothek auf. Es roch muffig in dem Raum, der Raritätenkabinett und Büchersaal zugleich war. Alte Tücher und Waffen hingen an den Wänden und in Schaukästen, dunkle Bilder und Steinseltenheiten, Kirchengeräte und Ikonen standen recht verwahrlost und verstaubt herum. In den Regalen lagen alte Folianten, frühe Uebersetzungen der Bibel ins Kirchenslawische, Chroniken, Legendenbücher und Heiligengeschichten. Der Mönch zog die Werke hervor, seine Finger blätterten in ihnen, wiesen mir die farbigen Initialen, stießen die Bände wieder weg. »Dieses hier«, sagte er schmunzelnd, »habe ich in der Bücherei auf dem heiligen Berg Athos, wo ich Jahre lang gelebt, nicht gefunden.« Erstaunt griff ich zu und entzifferte mühsam aus den kyrillischen Buchstaben, daß es sich um Legenden handelte. »Nicht um die Legenden der Kirche«, sagte mein Mönch, »nicht um die Heiligengeschichten. Diese hier sind älter; die Kirche verdammt sie.« »Sie stehen hier im Kloster?«, staunte ich. »Warum nicht«, lächelte er. »Das Volk kennt sie doch und erzählt sie sich, und so bleiben sie bestehen bis in alle Ewigkeit. Selten werden sie aufgeschrieben; wozu auch? Was man so gedruckt lesen kann, und wenn es auch ein frommer Mann schrieb, – da weiß man nie, ob sich nicht sein Kopf geirrt oder seine Hand getäuscht oder seine Feder verschrieben hat; aber was der Vater dem Sohn und dieser dem Enkel übergibt, von Mund zu Mund, das kann nicht falsch und irrig sein. Denn aus dem Mund spricht das Herz und aus diesem die ewige Wahrheit, mit der Feder aber der Kopf und der menschliche Aberwitz.«

So sprach der fromme Mann, der die Bücher des Klosters verwaltete; ich begriff bald, daß er die Geschichten besser erzählen als lesen konnte. In seiner unbekümmerten Weise erzählte er sie vorzüglich und mischte ihre abergläubische Märchenweisheit mit so köstlicher weltoffener Bauernklugheit, daß mir die ganze warme Erdennähe seines Standes und seines frommen Berufes auch aus den weltlichen Geschichten entgegenstrahlte, die er, einmal zum Sprechen gebracht, an langen Abenden zwischen der letzten Tagesandacht und der Mitternachtsmesse mir in seiner kümmerlich kahlen Zelle vortrug, die Hände fröstelnd vergraben in den weiten Aermeln seiner schäbigen schwarzen Kutte, den graubärtigen Kopf mit der hohen Mütze leicht zur Seite geneigt, im flackernden Licht einer trüben Oelampel.

Früh fiel der Schnee auf die breiten Kuppen der Berge. An klaren Tagen schimmerten sie blendend über die dunkeln Tannenwälder herab, in hellen Nächten, wenn ich spät durch den verlassenen Park vor den verrammelten Sommervillen schlenderte oder vom Kloster den Hang hinab in mein Häuschen heimkehrte, standen sie wie mattglänzende Stufen, die in den Himmel stiegen. Zu Pferd und zu Fuß war ich über die weiten Weideplätze gezogen, selten menschlicher Behausung oder Spur begegnet. Dann jagten winterliche Stürme durch die Wälder, der Schnee engte das Dorf zusammen, im Eis starrten die Bäche. Die Welt des Kriegs und die Stadt der gesellschaftlichen Freuden war fern. In meiner Hütte brodelte der türkische Kaffee, wölkte sich der Rauch der Pfeife. Die Tage, die Wochen versanken weich in die flockige Stille des Bergwinters.

Am heiligen Abend – ich hatte meine Stunden erteilt, der orthodoxe Kalender ließ ihn hier erst dreizehn Tage später fällig werden – trieb es mich in den Wald. Ich brach einen Zweig von einer schneegebeugten Tanne, roch den herben Duft, zerrieb die Nadeln in meinen frostklammen Händen, lauschte in die stumme Nacht hinaus. Keine Glocke, kein Licht. In meiner Stube hockte Einsamkeit und fragte nach der Heimat. Ich floh, stieg zum Kloster hinauf.

Ein Mönch lief eilig um die alte Kirche, schlug mit dem Stab auf das Holzbrett, langsam: tak tak, immer schneller: tak tak tak, dann in kunstvoll gedehntem und gestautem Rhythmus: tak – tak tak – tak tak tak – tak tak tak – und verschwand durch den hastig geöffneten Türspalt in die spärlich erleuchtete Kirche. Ich folgte ihm.

An einem Holzpfeiler nahe dem Eingang ließ ich mich nieder. Von kärglichem Licht erhellt, glommen an den Wänden die alten Bilder: der Stifter des Gotteshauses mit seinen Söhnen, in starrer Haltung die braunen Gesichter und die bauschigen Gewänder, auf der andern Seite der Tür seine Gattin und die Töchter, die schmalen Hände über der Brust gefaltet. Der Rauch unzähliger Kerzen hatte das niedere Gewölbe gedunkelt. Um das Lesepult herum standen vier Brüder. Wechselweise schoben sie sich den Psalter zu, näselnden Tones sang jeder seine Seite hinunter, zu vollem Klang und straffer Kadenz die Stimme erst gegen das Ende hin hebend, wenn er den dösenden Nachbar wecken wollte, damit dieser zur fugenlosen Fortsetzung bereit sei. Rund um den eisernen Ofen, durch dessen klaffende Tür laut knatternder, zuckender Schein hastig brennender Holzklötze flackerte, hockten auf kreisrunden Bastmatten einige Mönche, in der dumpfen Wärme müd eingeschlafen. In der Mitte des kleinen Gotteshauses, auf steinernen Fliesen, kniete ein Bauer, den wohl Geschäfte aus dem fernen Waldwinkel in das Klosterdorf geführt hatten und der nun mit leisem Gemurmel der beschleunigten Litanei folgte; sein weißer Fellmantel floß breit und fürstlich von den gebeugten Schultern auf den staubgrauen Boden, und sein langer Wanderstab ragte hoch über die gefalteten, alten Hände empor. Im fremden, singenden Klang der brüchigen Stimmen hörte mein Herz die frohe Botschaft, die zu gleicher Stunde aus den fernen Glocken der Heimat dröhnend scholl und über peinvoll stummen Schützengräben zagend weilte. Kalt und verloren tropfte aus knisterndem Sterngefunkel winterliches Licht über die Wälder und über den mitternächtigen Pfad, den ich durch knirschenden Schnee in meine warme Hütte stapfte.

Und es fuhren die Stürme des Frühlings über das Land, leckten mit heißen Zungen aus der Ebene, vom Meer empor in die schattigen Waldtäler, brachen das Eis der Bäche, schmolzen die weiße Last der Hänge, schnellten die Tannwipfel in laue Luft empor.

Noch waren die Wege feucht und vom Schmelzwasser zerrissen, schon spiegelte sich auf der Promenade der erste bunte Sonnenschirm in der himmelblau schimmernden Pfütze.

Ostern kündigte sich im fleischlosen Speisezettel an. Die alte Paraskiva schob mir früh am Tage geweihte Kuchen aus ungebackenem Teig auf die Schwelle des Zimmers. Die Dienstmädchen gingen stöhnend mit schwindenden Kräften ihren Pflichten nach. Jedes Gespräch war mit Knoblauch gewürzt.

In der Osternacht füllte sich der weite Platz vor der Kirche mit einer murmelnd verharrenden Menge. Die Pforte stand offen, dunkel war der Raum des Gotteshauses. Auf den Stufen der Kirchentreppe, hinter schwarzbeschlagenem Altar, ragte die Gestalt des Abtes; sein weißer Bart zitterte im nächtlichen Wind. Jeder, Mönch und Bauer, Soldat und Bürger, trug in gefalteten Händen eine lichtlose Kerze. Golden schimmerte über die Häupter das nackte Kreuz.

Da, mit dem Schlag der Mitternacht: jauchzender Gesang aus dem Dunkel der grabestoten Kirche, der aufbrausende Jubel: Christ ist erstanden! Ein Licht flackert auf, Kerze entzündet sich an Kerze, mir reicht es eine fremde Hand, ich gebe es einer fremden Hand weiter, im Hof wogt ein See von Flammen, aus der Kirche bricht strahlender Schein. Langsam umwandelt Geistlichkeit und Gemeinde das Haus, zieht ein in die festliche Halle, kniet nieder zu stundenlangem Gebet.

Fast dämmert schon der Morgen herauf, da ich heimkehre. Die alte Paraskiva humpelt mir nach, an der wackligen Gartenpforte legt sie ihre zitternden Arme um meine Schultern, ihre eiskalten Lippen drücken mir den Osterkuß auf die Wange, und selig lächelnd flüstert sie an meinem Ohr: »Christ ist erstanden!« Ich antworte ihr: »Wahrhaftig, er ist auferstanden.« Dann führt sie mich an der Hand zum übervoll gedeckten Tisch, zum fettglänzenden Hammelbraten, zum weißen heiligen Brot.

Die Zigeunerin

Am Nachmittag besuchte ich draußen vor der Stadt – wir wohnten damals einige Wochen in Bukarest – den Frühjahrsmarkt, am Rande eines dieser schon halb ländlichen Viertel, wo die kleinen Häuser in wild überwucherten Gärten versteckt lagen und ihre verlumpte Armut nachlässig der grellen Sonne und dem dumpfen Schatten der staubigen Bäume hingaben. Hinter den Schaubuden, deren Trivialitäten gemeineuropäisch waren, dehnten sich weit und unregelmäßig auf dem freien Feld die offenen Schenken aus, schmucklose Holzbuden mit langen Tischen und Bänken, dazwischen festgestampfte Tanzplätze, Glücksspieltische, Bratöfen und Kaffeeherde. Durch die Gassen drängten sich die Bauern und Bürger der Vorstadt; die Zigeuner hockten in Haufen beisammen, bei Geige und Hackbrett; halbnackte Kinder trieben sich in Rudeln mit scheuen, mageren Hunden umher. Ueber all den dunkeln Gesichtern, bunten Flittern, raschen Gebärden und faulen Stellungen brannte groß die späte Nachmittagssonne.

Dort sah ich Tudoritza zum erstenmal. Sie saß mit andern Weibern und einem buckligen Geiger zusammen im kargen Schatten eines Baumes, lehnte sich geruhig auf ihren rechten Ellbogen und blickte gleichgültig in die vorüberströmende Menge. Neben ihr stand ein flacher Korb voll verwelkender, roter Rosen im Gras.

Ich kehrte zweimal durch die Gasse zurück, ging am Baum vorbei, blieb stehen; aber ihre Augen hoben sich nicht auf zu mir, ihre Hände schoben nur langsam das Kopftuch über die schwarzglänzenden Haare nach vorn. Ich fuhr unruhig und verstimmt heim.

Am Abend nun, während ich ziellos durch das Gewühl der Hauptstraße schritt, rasselte an mir vorbei ein Wagen der Pferdebahn, der groß den Namen der Vorstadt trug, an deren Rand der Jahrmarkt abgehalten wurde. Ohne einen Entschluß gefaßt zu haben, merkte ich plötzlich, daß ich aufgesprungen war; ich lachte über mich, beschloß, bei der nächsten Haltestelle wieder abzusteigen, – da stand mir traumhaft klar und voll ernsten Zwangs das Erinnerungsbild der Zigeunerin vor den Augen, und ich erwog, wie von jäher Angst und Unruhe befallen, ob ich sie wohl wiedersehen würde, wenn ich so spät am Abend hinausführe.

Ich sah sie wieder, nachdem ich sie lange gesucht hatte: in den staubigen Gassen zwischen den Schenken, im Gedräng der Gruppen, die um fiedelnde Zigeuner herum standen, auf den Tanzplätzen, wo das dumpfe Klatschen der stampfenden nackten Füße im Gegentakt zur hastenden Musik erscholl. Müde und umsonst war ich um erlöschende Feuer gestrichen, hatte in ihrem schwachen Schein die Gesichter der im Kreise hockenden Weiber und Männer zu lesen versucht. Langsam, um Mitternacht, war ich durch die letzten Buden gegangen, und meine Enttäuschung spottete meiner Ausdauer.

Sie saß am Eingang einer Schenke; der Blumenkorb stand vor ihr. Ich erkannte sie erst nur undeutlich, zögerte, trat ein paar Schritte näher; die Rosen leuchteten aus dem Dunkel.

Sie hob langsam den Kopf und ergriff den Korb. »Rote Rosen«, sagte sie und hielt die Blumen mir entgegen.

Ich wählte einige aus und legte ihr ein größeres Geldstück in die Hand. Sie zuckte die Achseln, lachte kurz und holte eine Handvoll kleiner Münze aus der Tasche. »Laß nur«, sagte ich rasch, »die Rosen sind das Geld wohl wert. Wie schön sie sind.«

Ihr braunes Gesicht wurde plötzlich straff und ihre dunkeln Augen funkelten wie die eines spähenden Tiers. Ich sah, daß ihre Oberlippe die schimmernden Zähne nicht deckte. Die Wangen waren sehr schmal, über die Haut war viel Sonne, Wind und Regen gegangen. Ich dachte an einen jungen, biegsamen Baum.

Sie ordnete die Blumen im Korb mit ihren braunen, sehr schlanken Fingern, die keinen Ring trugen, und sah dann wieder zu mir empor. Ich sagte: »Die Rosen sind schön, aber du bist schöner als sie.«

Sie lächelte, fast gleichgültig, ein wenig erstaunt. Dann sprach sie rasch: »Wär ich noch jung –.« Ich blickte ihr ungläubig in die reglosen Augen. Sie nickte langsam.

Wir sprachen, beide in leichter Verlegenheit, vom Jahrmarkt, wie lange er noch dauern sollte, ob sie hier immer Blumen verkaufe, daß die Rosen teurer geworden seien und die andern Zigeunerinnen es besser verstünden, sie den Herren anzupreisen.

Ich hörte ihren Worten unaufmerksam zu, verstand auch einige Ausdrücke ihrer raschen Sprache nicht gut und schob gleichgültige Bemerkungen und Fragen hinzu. Ich sah ihr hell erhobenes Gesicht, ihre spielenden Finger, und hörte plötzlich, daß ich deutlich und ruhig sagte:»Komm mit mir.«

Sie warf einen raschen und scharfen Blick rund umher, vom Eingang der Schenke bis ins tiefe Dunkel unter den Bäumen, und fragte dann leise:»Wohin?«

Ich stieß undeutlich den Kopf nach der Seite hin, wo getanzt wurde und von wo Musik abgebrochen herüberklang.»Trinken wir zusammen ein Glas«, schlug ich vor.»Hast du nicht Durst?«

»Durst und Hunger«, sagte sie rasch.

»Also komm. Magst du?«

Sie senkte den Kopf, spielte mit den Rosen im Korb. Nach einer Weile sagte sie, ohne mich anzusehen:»Man kennt mich dort drüben.«

Ich lachte.»Was kümmert es uns? Wenn es dir Freude macht.«

»Und was denken die Menschen dort von dir?«, sagte sie und blickte mich scharf an.»Die Herren sitzen nicht mit den Zigeunern an einem Tisch.«

»Komm«, wiederholte ich ungeduldig.»Willst du?«

Sie sah mich nochmals an, spähte lange nach einer Richtung hin in die Nacht hinaus und flüsterte dann rasch:»Ich will. Warte beim großen Zirkus auf mich.«

Ich verließ sie, schritt zu den Buden hinüber. Hier war es stiller geworden. Die Menge war nach der Stadt zurückgeflutet oder hockte in den Schenken beisammen.

Ich stand im Dunkel neben dem großen Zirkuszelt und blickte in die Gasse hinaus, durch die ich gekommen war. Ich wartete; jede Gestalt, die im Schatten undeutlich sich regte, verfolgte ich mit schärfer spähenden Augen.

Es raschelte leise hinter mir im Gras; ich fuhr herum.

»Und nun?«, fragte sie. Ihre Zähne blitzten hell aus dem webenden Dunkel. Sie trat auf die Straße. Den Blumenkorb trug sie leicht auf der linken Schulter und stützte ihn mit ihrer Hand. Sie war größer, als ich gedacht hatte, und ging leise wiegend auf ihren nackten Sohlen.

Wir schritten nebeneinander her, hinter den bleich ragenden Rückwänden der Schaubuden.

»Wo gehn wir hin?«, fragte ich sie. »Du kennst dich hier besser aus als ich.« Ich zündete mir eine Zigarette an. Sie blieb vor mir stehen, zuckte mit der freien Schulter und griff gierig zu, als ich ihr die Dose spielend bot. Sie steckte ihre Zigarette an der meinen an und packte mich dabei am Handgelenk; ich fühlte, fast erschreckend, ihre kühlen und etwas rissigen Finger an meinem Puls und dachte an die dornigen Blumen, die sie täglich in der Morgenfrische band.

Sie blies den Rauch langsam von sich. »Ich sage dir, daß mich dort alle kennen; es geht nicht.« Sie senkte den Kopf, als ich spöttisch lachte. Jähe Scham stieg verwirrend in mir auf. Ich ergriff ihre freie Hand am schmalen Knöchel, als wollte ich um Verzeihung für mein Lachen bitten. Sie wand ihren Arm langsam in meinem Griff hin und her und murmelte: »Schwach, schwach –!«

Mich durchfuhr wie ein Schlag der Gedanke: dieses Weib war kein Mädchen, es war eine Frau, die Kindern das Leben gegeben hatte, eine Mutter. Ich ließ ihre Hand fahren und sah in ihre großen, weitoffenen Augen.

»Bist du nun erzürnt«, fragte sie langsam, »weil ich nicht mit dir in der Schenke sitzen will? Wüßtest du, wie sehr mich dürstet! Und Hunger – du würdest mir sicher ein Stück Fleisch oder einen gebratenen Fisch geben lassen. Ich würde etwas nach Hause tragen, für morgen.«

Ich sprach rasch: »Morgen komme ich wieder. Dann gehen wir anderswohin, wo dich kein Mensch kennt. Willst du?«

Sie nahm den Blumenkorb von der Schulter und sagte leise: »Ich muß Rosen verkaufen.«

»Die bezahl ich dir alle«, lachte ich. »Das soll uns die Freude nicht verderben.«

Sie schüttelte den Kopf. »Wenn mein Mann es erfährt, schlägt er mich.«

Ich fühlte es heiß in mir aufsteigen: Scham, Wut, Leidenschaft. Ich bog meinen rechten Arm um ihre Hüften und zog sie an mich. Sie ließ es geschehen und wandte nur das Gesicht von mir weg.

»Dein Mann – dein Mann –«, stammelte ich. »Warum sprichst du von ihm?«

Sie sah mich an, fragend, staunend, wie ein Kind, das nicht begreift, warum man es schilt. Sie sprach: »Um ein Uhr wartet er bei der Schenke auf mich.«

Wir gingen auf und ab, immer hinter den Buden und Baracken. Sie spähte unablässig nach allen Seiten, wandte manchmal, wenn ein Geräusch sie erschreckte, plötzlich den Kopf, beugte ihn vor und zog die Stirne in Falten. Dann lachte sie wieder gegen mich und schritt in meinem Arme weiter. Sie steckte sich eine zweite Zigarette an und stieß den Rauch schnaubend durch die Nase. Ich lächelte.

»Bist du mir böse?«, fragte sie jäh und blieb stehen. Sie drängte langsam ihren Leib an mich, ich nahm ihren Kopf in beide Hände, bog ihn zurück, daß das Tuch von den glänzenden Haaren in den Nacken glitt, und küßte ihre kühlen Lippen.

Sie sagte leise: »Ich danke dir« und war in der Dunkelheit verschwunden. Ich hörte kaum ihren enteilenden Schritt.

Damals schlug wie eine unbemerkt herangerollte Flutwelle das große Erstaunen über mich herein: diese Stunde, so nah sie im Verborgenen mit meiner Vergangenheit verknüpft sein mochte, riß mich herauf auf eine Höhe, von der aus ich, wie von Schwindel erfaßt, die seltsamen Windungen und den scheinbar so eigensinnigen Verlauf eines Lebensweges erblickte, der mir im gleichen Maße fremd und vertraut, mein eigener und zugleich ein andrer war.

Der folgende Tag war ein Traum, dumpf und voll aufbrechender und wieder erstickter Melodien. Dachte ich an die Zigeunerin, so fragte ich mich, wie sie wohl mit dem Erlebnis fertig geworden sei; lachte mich aber sofort wieder aus ob dieser törichten Sorge. Ich versicherte meiner Eigenliebe, daß die vergangene Nacht für die braune, schlanke Frau nicht das erste Abenteuer dieser Art gewesen sei; und so weh es tat: ich bildete mir zeitweise ein, dieser Versicherung selber kühl und ehrlich zu glauben.

Als aber die sengende Frühsommersonne dem langen, hellen Abend gewichen war, hielt mich das Haus nicht mehr zurück. Der Lärm und das Gewirr des Jahrmarktes gab meiner innern Unruhe den nötigen Gegendruck von außen, der sie leichter tragen ließ. Ich hielt mich, ziellos umherstreifend, in der wogenden Menge auf und gab mich der uneingestandenen Erwartung hin, die Zigeunerin plötzlich und scheinbar zufällig unter den hundert fremden Gesichtern wiederzusehen. Und als es spät wurde, packte es mich wie würgende Angst; ich rannte hinter den Buden durch nach der großen Schenke hinüber.

Sie hatte auf mich gewartet. Ich sah es an dem leisen Lachen, das über ihr starres, braunes Gesicht lief, in dem nur die Augen lebten. »Ich dachte, du kommest nicht wieder«, sagte sie furchtsam.

Ich lachte sie aus, sie aber fuhr ernsthaft fort: »Schöne Worte geben mir manche, es ist doch alles gelogen. Du bist nicht so.«

»Woher weißt du das?«, fragte ich mit täppischem Spott.

»Ich liebe dich«, sagte sie ganz leise und beugte tief den Kopf. Plötzlich hob sie ihn, sah mich an und lachte mit ihren weißen Zähnen.

»Komm, komm«, drängte ich.

»Und die Blumen?«, fragte sie und wies mir den Korb; er war noch zur Hälfte voll. »Bis morgen sind diese da welk, und ich habe noch kein Geld, neue zu kaufen.«

»Ich kaufe alle zusammen«, prahlte ich und warf, was ich an Geldstücken in der Tasche fand, in den Korb. Sie zählte die Münzen, sah mich groß an und sagte zaudernd: »Soviel – sind sie gar nicht wert.«

Als ich gleichgültig den Rücken drehte, blieb sie stille stehen, und als ich sie wieder anblickte, war ihr Gesicht ängstlich und gespannt.

»Was willst du dafür?«, fragte sie scheu.

»Eine rote Rose – und wissen, wie du heißt. Komm, sag es mir.«

Sie folgte mir langsam. Sie trug den Korb unter dem Arm; leicht stützte sie ihn auf ihre schmale Hüfte. Als ich im Dunkel hinter den Schenken stehen blieb, trat sie neben mich und blickte mich fragend an.

»Also, zuerst die Rose«, scherzte ich.

Sie senkte den Kopf, legte plötzlich ihre Hand auf meine Schulter und die Stirn neben ihre Finger und verharrte so.

»Was ist dir?«, fragte ich nach einer Weile. Mir war, als zucke ihr Leib.

Sie flüsterte: »Auch weiße Rosen habe ich und möchte sie dir geben, Nächte lang. Aber ich kann nicht, ich kann nicht.« Sie schüttelte heftig den Kopf.

Ich strich ihr über das Haar. Sie hob die Stirn: »Du bist gut zu mir.«

Dann gingen wir wieder im Dunkel auf und ab, sie lachte, nannte mir ihren Namen, sagte, daß sie ihn auch schreiben könne, und fragte mich, wie ich heiße. »Wie?« staunte sie. »Den Namen hörte ich nie. Du bist von ferneher.«

»Ja, von ferneher.« Ich erzählte von meiner Heimat, von Berg und Schnee. Sie lauschte, die Lippen halbgeöffnet, und sagte dann: »Ich liebe die Sonne.«

Sie lachte zeitweilig, spähte manchmal plötzlich scharf nach den Lichtern hinüber, legte mir rasch und heftig ihre Hand auf den Arm und hielt mich zurück. Als eine dunkle Gestalt langsam über die Straße ging, drückte sie sich eng zwischen mich und die Bretterwand; ich fühlte, wie sie zitterte.

»Du hast Angst?«, fragte ich. Sie nickte langsam mit dem Kopf. »Vor deinem Mann?«, spöttelte ich. Rasch zischte sie: »Sprich nicht von ihm. Er würde dich und mich schlagen, träfe er uns. Er kann uns töten.«

Ich biß mir in die Lippen. Ich wäre am liebsten, ohne nach rechts und links zu blicken, neben dieser Zigeunerin in eine der Schenken hinüber geschritten; hätte mich hingesetzt und einem Geiger gewinkt, uns aufzuspielen; hätten alle uns sehen mögen!

»Was treibt er denn, dein Mann?«, fragte ich nebenhin.

»Er spielt in den Schenken die Geige.«

»Hier draußen auf dem Jahrmarkt?«

»Manchmal, ja, und in der Vorstadt. An den Samstagen geht er in die Stadt, dann kommt er erst am nächsten Morgen wieder.«

»Und er schlägt dich, sagst du?«

»Manchmal, aber nicht so oft.« Sie hob den Kopf zu mir empor und lächelte.

»Wie sieht er aus? Ist er schön?« Nun sagt sie mir, daß sie ihn verabscheue, – hoffte ich.

»Ja, er ist schön«, flüsterte sie und sah von mir weg zur dunkeln Erde. Ich fühlte, daß sie log. Neben ihr mußte er häßlich erscheinen, vielleicht war er klein, vielleicht hatte er eine aufgestülpte Nase, vielleicht sogar einen Buckel und sah aus wie der Kerl, bei dem Tudoritza gesessen hatte, als ich sie zum erstenmal unter dem Baume sah. Ich richtete mich hoch in meinen Schultern auf, legte den Arm um sie und spottete: »Komm, gehen wir deinen Mann suchen; du mußt mir ihn zeigen, er soll uns aufspielen!«

»Weh«, kreischte sie leise und entwand sich flink meinem Arm. »Was redest du?« Sie lachte.

»Warum lachst du immer?«, fragte ich und zog ihr Gesicht näher. Augen und Zähne schimmerten matt aus der Dunkelheit.

»Hat meine Mutter nicht gelacht, da sie mich auf die Erde warf? Das bleibt mir nun so durchs ganze Leben.«

»Und deine Kinder, sind sie hübsch?«

Gleichmütig sprach sie: »Wie ich sie machen konnte, so sind sie. Du solltest sie sehen!«

»Ich möchte wohl«, sagte ich.

Wir schwiegen. Unsere Wünsche begegneten sich auf Umwegen, standen weit draußen im Unbekannten und fürchteten sich.

Wir gingen auseinander, jedes in die dunkle Nacht. Als sie mir mit der Hand winkte, glomm ihre Zigarette lustig auf. Es war zwei Stunden nach Mitternacht. Wenn sie nur die Blumen aus dem Korb schüttet oder das Geld versteckt, dachte ich bei mir; ich sah, wie ihr Mann sie mißtrauisch ausfragte. Da lachte ich laut in die Nacht hinaus. Die rote Rose in meiner Hand duftete stark. Morgenfrische lag schon in der Luft, als ich zwischen den schlafenden Gärten hindurch den weiten Weg nach Hause ging.

Die Tage in ihrer dumpfen, unbarmherzigen Schwüle waren nur matte, halbverträumte Ruhepausen zwischen den kurzen, aufflackernden Stunden der Nacht. Ich gab mich dem Abenteuer hin, ohne es durch meine Wünsche lenken zu wollen, und begnügte mich mit dem, was es mir schenkte: das Versteckt-Geheimnisvolle unserer Zusammenkünfte, das Geplauder und die jähe Angst der braunen Frau und ihren kühlen Mund mit den halboffenen Lippen und den blitzenden Zähnen.

»Weißt du noch, wie ich heiße?« fragte ich sie. Mit hochgezogenen Brauen sann sie nach, sah mich traurig aus ihrem gesenkten Gesicht herauf an und sagte leise: »Ich habs vergessen. Nein, ich konnte es nicht behalten. Aber was tuts! Hast du mich lieb?« Ich nahm ihren Kopf in beide Hände. »Mir ist manchmal so angst«, flüsterte sie und entwand sich mir.

Ich bemerkte, daß sie andere, weniger grelle Jacken trug und über dem Kopf ein schwarzes Tuch; dieses streifte ich ihr wohl manchmal herab, um ihre gelockten, über dem Nacken lose zusammengebundenen Haare schimmern zu sehen. Ihr Gesicht war ruhig und schmal und behielt auch in der Nacht die dunkle Glut der Sonne auf der Haut wie eine reife Frucht.

Einmal als ich ihr sagte, wie schön sie sei, lachte sie nach ihrer Art leise auf und grub ihr Gesicht tief in die Rosen, die noch im Korbe lagen. Feucht und voll starken Duftes hob sie es dann und sagte, ohne Wehmut: »Du hättest mich früher sehen sollen! O wie hättest du mich geliebt!«Die Worte schmerzten mich und gingen mir tagelang nicht mehr aus dem Sinn.

Sie sah mich nun oft lange an, wenn ich still neben ihr her ging, aber sie fragte mich nie, warum ich schweige und ob ich traurig sei. Von ihrem Mann sprach sie auch nicht mehr. Da geschah es einmal, daß sie, ehe sie von mir weg in die Dunkelheit sprang, mir hastig ins Ohr flüsterte:»Morgen, da spielt er die ganze Nacht in der Stadt drinnen; komm, ich werde bei der letzten Schenke auf dich warten.« Ich sah sie groß an, ihre Augen brannten, so heftig redete ihr Gesicht selten. »So werde ichs machen,« fuhr sie fort und lachte, »ich werde ihm sagen, daß ich am Morgen in den Hallen keine Blumen mehr habe kaufen können. Er wird mir glauben. Komm schon früh am Abend«, bettelte sie und nahm meine Hand und grub ihre Zähne darein. »Oder willst du nicht?«, fragte sie plötzlich ängstlich.

»Ich will«, sagte ich langsam und erschrak, als ich mich selber sprechen hörte.

Sie glitt ins Dunkel; als ich nach einer Weile wegschritt, stieß mein Fuß an etwas Weiches, Raschelndes, Ich bückte mich. Es waren Rosen, die sie achtlos aus ihrem Korb hatte fallen lassen, viele rote, feuchte Rosen.

Am nächsten Abend fuhr ich zum Jahrmarkt hinaus, – warum sollte ich nicht? Hatte ich ihr nicht versprochen, zu kommen? Ich kaufte einen schmalen silbernen Ring und von den besten Zigaretten; sie hatte mich um beides gebeten.

Als ich, noch in der Stadt, über einen der belebtesten Plätze fuhr, schien es mir plötzlich, ich sehe in der Menge ihre schmale Gestalt um eine Ecke biegen und verschwinden. Deutlich und genau erkannte ich den flachen Korb auf der Schulter, von der linken Hand leicht gehalten. Aber den trugen ja alle die vielen Blumenweiber, die abends durch die Straßen zogen. Aus einer Gartenschenke klang Geigenmusik; hier hinein mußte die Frau verschwunden sein, ich sah sie nirgends mehr auf der Straße. Volk strömte durch das enge Tor ein und aus. Ich konnte nichts erkennen. Ich fuhr weiter. Zigeunerinnen glichen sich in Gang und Haltung; hundertmal hatte ich das beobachtet.

Auf dem Jahrmarkt streifte ich erst zwischen den Buden umher, sah da und dort längere Zeit zu und ging endlich zu den Schenken hinüber. Die Stelle, wo Tudoritza sonst saß und auf mich wartete, war leer und starrte mich fremd und seltsam an: wie das hilflose, verlegene Lächeln eines Menschen, dem etwas Gewohntes und Liebes fehlt. Ich ging weiter, bis dort hinaus, wo die armseligen letzten Schenken standen und wo nur selten ein Dudelsack oder ein verstimmtes Hackbrett klang. Wenige Männer und Frauen saßen an den langen Tischen; ich ging im Schatten und spähte scharf vor mich her. Ich ging ein Stück weit ins dunkle Feld hinaus und dachte, nun müsse sie aus der Nacht an mich springen wie ein behendes Tier. Ich ging durch die stille Gasse zurück und blickte unter die herniederhangenden Holzdächer, in den fahlen Schein der schwanken Laternenlichter, auf die paar müden Menschen. Ich ging wie im Taumel dreimal auf meinen eigenen Spuren um die letzte Schenke herum, blieb stehen und umklammerte mit meinen Blicken die Schattengestalten, die aus der Ferne undeutlich herankamen und undeutlich ins Dunkel zurücksanken.

Die Zigeunerin sah ich nicht an diesem Abend. Müde schob ich alles Nachdenken von mir weg, als ich nach Hause fuhr; doch schon fürchtete ich, daß ich am nächsten Morgen mich selber könnte zur Klarheit zwingen wollen.

In der Stadt packte mich die Lust, in den Garten zu treten, wo ich abends die Frau mit dem flachen Korb auf der Schulter hatte hineingleiten sehen. Ich stieg aus dem Wagen, ging langsam auf das Tor zu und dann, gleichgültig und wie zufällig hineinblickend, daran vorbei. Ich hatte nicht den Mut einzutreten; ich fürchtete, sie drinnen zu finden. Die Frau am Abend hatte ihr doch sehr ähnlich gesehen: derselbe wiegende Gang, den Kopf gleich zur Seite geneigt, den Arm ebenso leicht zum flachen Korb emporgebogen. Eine unbarmherzige Traurigkeit kam über mich; da fühlte ich erst, daß ich die fremde, dunkle Frau liebte.

Als mir der Morgen mein schlaffes Gesicht im Spiegel zeigte, schnitt ich mir eine verächtliche Grimasse ... »Natürlich hat sie dich betrogen, Narr!« sprach ich laut zu mir. Es schmerzte nicht einmal so sehr. Ich konnte das Wort wiederholen, konnte sogar dabei lachen.

Abends schloß ich mich in meinem Zimmer ein, versuchte zu lesen. Ich warf das Buch hin und ging auf und ab. Die Luft war dumpf, durch die offenen Fenster stieß die warme Sommernacht herein, die Bäume standen dunkel und reglos, als lauschten sie tief.

Langsam, langsam schritt die Nacht ums Haus. Sah ich hinaus, so schien sie scheu zurückzuweichen; sie hatte kein Wort für mich, nur Stille. Und einmal zitterte es wie Weinen von ferneher.

Träge rann der nächste Tag vorüber, zögernd glitt die Sonne über den weißen Häusern und staubig grauen Bäumen hinab, die Dämmerung zauderte und stand in langem Gespräch mit dem letzten Tagesschein, ehe sie in die dumpfen, glutausströmenden Gassen der Stadt schritt.

Da fuhr ich hinaus. Ich hatte mir meine Worte zurecht gelegt, ich wollte ihr sagen, daß ich gestern nicht hätte kommen können; es schien mir leichter, die Lüge auf mich zu nehmen, als sie von ihr zu hören.

Aber ich sah Tudoritza nicht. Ich strich durch alle Winkel des Jahrmarktes, ich trat an die glimmernden Feuer, wo die Zigeuner hockten und Maiskörner rösteten. Mir war, als sollte ich jemand nach ihr fragen; alle kannten sie wohl. Ich wagte es nicht. Gehetzt und voller Unruhe kehrte ich heim; nun war es noch schlimmer geworden.

Solcher Abende folgten viele. Regenwetter setzte ein, es dunkelte früher; da fand ich mich allein auf den öden Plätzen des Jahrmarktes, in den kotigen, zerstampften Gassen zwischen den leeren Schenken. Die Lichter waren erloschen, die Leute schliefen, die Hunde schlichen hungrig umher und knurrten scheu mich an. Ich suchte nach der Frau, die rote Rosen verkaufte, und ich sah verzweifelt ein, wie lächerlich das war. Ein Schutzmann musterte mich lange; hielt er mich für einen Dieb? So weit war es gekommen. Ich biß mir in die Lippe und schämte mich. Es war mir zur hoffnungslosen Gewohnheit geworden, die Abende im Gewühl des Jahrmarktes zuzubringen; und war ich einmal draußen, so ging ich mit Sorgfalt an den lauten Fröhlichkeiten und Zerstreuungen vorüber und hockte in einer Kaffeebude oder Schnapsschenke, bis ich müde genug war, um stumpf und gedankenlos den weiten Weg nach Hause zu wandern. Endlich vergaß ich sogar, nach ihr auszuspähen, sie zu suchen, und wenn ich an den Abenden hinausfuhr, war es ganz ohne Hoffnung, ganz ohne Ziel.

In einer solchen Stunde, als ich am Eingang der Gasse nicht weit von der großen Schenke saß, klang aus dem Lärm und Lachen plötzlich ein hastiger, halblauter Ruf: »Rote Rosen – wer kauft rote Rosen?« Ich fuhr herum, jäh sprang die lang ermattete Erregung in mir auf. »Rote Rosen«, klang es nochmals, ganz nahe, fast geflüstert. Tudoritza stand im Dunkel zwischen zwei Buden, sah mich aus ihren großen Augen an und legte langsam den Finger auf die Lippen.

Ich trat zu ihr, wollte sprechen und griff dann nach den Rosen in ihrem Korb, den sie mir rasch zum Auslesen hinbot. »Was ist mit dir?«, flüsterte ich. »Weshalb kamst du nie mehr? Jetzt rufst du mir, als sei nichts geschehen.«

Ich blickte flüchtig in ihr Antlitz, das starr blieb und nichts verriet. Ihre Lippen bewegten sich leise, nach einer Weile, und sprachen: »Warte dort drüben auf mich, bei den Schenken, – wenn du magst. Ich komme gleich.«

Unterdessen hatte ich eine Rose aus dem Korb gehoben; sie sagte laut: »Zwei Bani kostet sie«, und hielt mir die hohle Hand hin.

Verwirrt griff ich in die Tasche und bot ihr ein Geldstück; sie nahm es, holte eine Handvoll Münzen hervor und zahlte mir mit lauter Stimme zurück. Als ich sie voll Erstaunen anblickte, sah ich, wie ihre Augen scharf und angstvoll umherspähten. »Geh«, flüsterte sie; ich schritt hinweg.

Nicht lange stand ich bei den Schenken, als ich sie schon herankommen sah. Sie war schlank, erschien mir schön wie früher, aber sie lachte nicht, wie sie es sonst getan, wenn wir miteinander vom Markte weg in die dunkle Nacht gegangen waren.

»Wollen wir etwas trinken?«, fragte sie laut.

»Ja, wenn du magst –«, antwortete ich. Mein Erstaunen wuchs; sie hatte ihre Angst verloren, ihre vorsichtig lauschende und spähende Art. Und doch sah sie unruhig mehrmals zurück, blieb stehen, ging rasch wieder weiter und zog mich in Kreuz- und Quergassen herum. »Ich kenne eine Schenke«, sagte sie nebenhin.

»Aber dein Mann?«, fragte ich plump und blieb stehen.

Sie zuckte die Achseln. Und dann, mit gesenktem Kopf, leise: »Er hat mich verlassen. Er ist weggegangen.«

Schweigend schritten wir weiter.

»Komm«, schlug ich vor, »gehen wir erst noch ein wenig in die Nacht hinaus, unter die Bäume, wo wir allein sind. Dort sollst du mir sagen, was geschehen ist.«

Sie folgte mir ein paar Schritte. Dann stand sie wieder still. »Ich kann es dir nicht sagen. Hast du mich nicht mehr lieb?« Sie blickte mich groß und fragend an, zum erstenmal wieder. Ich küßte sie.

»Warum weinst du? Willst du nicht sprechen?« Sie schüttelte den Kopf und legte ihn eng an meine Schulter. Sie bebte und schluchzte. Menschen gingen vorbei und gafften uns an. »Komm, wir können hier nicht stehen bleiben«, mahnte ich leise. Sie richtete sich langsam auf und ging still neben mir her, den Weg nach den Schenken zurück.

Ein kleiner, buckliger Kerl in einem schäbigen Frack mit schmutzigem Hemd und farbiger Halsbinde trat auf uns zu, blieb zwei Schritte vor uns stehen und lächelte. »Mein Bruder«, sagte sie leise und wandte sich weg. Sofort erinnerte ich mich, daß er mir schon damals aufgefallen war, als ich die Zigeunerin zum erstenmal gesehen hatte, an jenem Nachmittag unter dem Baum im Gras.

Er zog seine Mütze vom Kopf, machte ein paar Verbeugungen und sprang eifrig herzu, als ich ihm die Hand bot. »Freut mich sehr, gnädiger Herr«, sprach er rasch und lächelte. »Ist mir eine große Ehre. Meine Schwester hat mir von Ihnen erzählt.« Er rieb sich die Hände heftig, seine Gelenke knackten. Er hatte lange, kalte, knochige Finger.

»Du spielst wohl Geige?«, fragte ich. Er nickte erfreut. »Ciulac ist mein Name, Niculaie Ciulac, wenn Sie erlauben. Kennt mich jeder hier draußen, viele drinnen in der Stadt.« Er zog wieder die Mütze von den dichten, schwarzen Haarsträhnen, die ihm über die Stirne und hinter den Ohren bis auf die hochgezogenen, breiten Schultern hingen. Er trat an meine linke Seite, während Tudoritza zurückblieb.

»Dem gnädigen Herrn gefällt das Leben hier draußen bei uns«, lächelte er. »Erlauben Sie!«, und er wies mit seinen langen Fingern auf die kleine Schenke.

»Trinken wir ein Glas«, sagte ich und trat unter das Holzdach. Der Wirt lief herbei und wischte mit Schürze und Aermel über Bank und Tisch. Der Bucklige winkte der Zigeunerin und flüsterte ihr etwas zu. Sie zuckte die Schultern, wandte den Kopf weg und folgte ihm langsam. Sie setzte sich mir gegenüber an den Tisch und versuchte zu lachen. Ich sagte: »Es freut mich, deinen Bruder kennenzulernen, Tudoritza.« Ich nickte ihr zu. Sie sah mich angstvoll an und schwieg.

Der Wirt trug eifrig Schnaps und Wein herbei. Wir tranken. Ich ließ Fleisch braten. Hungrig und mit Lust begann Tudoritza zu speisen. Sie wurde fröhlicher, als sie sah, daß ich mit dem Zigeuner zu spassen anhub; sie lachte ausgelassen, und ich fühlte, während ich mit Ciulac sprach, den Blick ihrer warmen, großen Augen auf mir.

»Spiel auf!«, unterbrach sie jäh unser Gespräch. Der Zigeuner blickte mich fragend an: »Wenn der gnädige Herr es wünscht?«

Ich nickte ihm zu. Er lief zum Wirt und kam mit einer Geige zurück. Er hatte sie also dort bereit gelegt. Ich schob diese neue Beobachtung zu den andern eigentümlichen Zeichen des Abends und bestätigte mir kalt und ruhig, daß mein Abenteuer in einen neuen Zustand eingetreten sei. Ich fühlte mich einem Plan gegenüber, den ich noch nicht durchschaute, da ich meine Gegenspieler und ihr Verhältnis zueinander nicht klar erkannte und auch nicht wußte, welche Rolle Tudoritza spielte. Eines stand fest: sie spielte schlecht. Der Bucklige gab ihr Winke, sie beachtete sie nicht. Ich lächelte leise zu dem Spiel. Der Kerl machte mir Vergnügen.

Nun begann er seine Geige zu streichen. Seine langen Finger strichen die Saiten gut, sein Bogen hüpfte, wenn er die hastigen, wilden Tänze spielte, und glitt dann wieder flach und wiegend, wenn er dazu ein Lied sang. Dabei legte er den Kopf auf den Buckel zurück und ließ mich nicht aus den Augen, und wenn er den Bogen nach dem letzten Strich von den Saiten hob, zog er die Mütze und sagte grüßend: »Der gnädige Herr lebe hoch!«

Tudoritza lauschte, und ihr Leib wiegte sich manchmal leis im Takt der Tänze. Ich nickte ihr zu:»Tanz doch!« Sie schüttelte den Kopf und sah nach dem Buckligen hinüber. Dieser zuckte mit der Schulter, dann sagte er rasch:»Ein andermal, wenn es der gnädige Herr wünscht.«

»Also morgen«, bestimmte ich. Tudoritzas Augen leuchteten auf. Ich hieß den Buckligen wieder spielen, ließ neuen Wein bringen. So saßen wir lange beisammen.

Als ich aufbrach, begleiteten beide mich bis zur Vorstadt. Dort verließen sie mich.»Meine Schwester wohnt bei mir, seit ihr Mann weggegangen ist«, erklärte Ciulac, ohne daß ich ihn danach gefragt hatte. Ich hörte, wie er heftig auf sie einsprach, als sie beide im Dunkel verschwanden. Tudoritza hatte mir die Hand gegeben, ohne mich anzublicken, und sie mir flüchtig wieder entzogen.

Eine ganze Bande Zigeuner empfing mich am nächsten Abend, als ich, ziemlich spät schon, in die kleine Schenke trat, die der Wirt mit drei farbigen Papierlaternen geschmückt hatte. Die Männer grüßten mich laut, große, hagere Kerle, in zerlumpten Kleidern, mit langausgestrichenen Schnurrbärten in den dunkeln Gesichtern. Der Bucklige trat aus ihrem Kreis hervor und machte seine Verbeugungen. Die Weiber saßen an der Wand, einige mit Säuglingen im Arm, und schauten mich aus erstaunten Augen an. Unter ihnen erblickte ich Tudoritza; sie beobachtete mich lächelnd und befangen, dann trat auch sie zu mir und bot mir die Hand. Sie schritt stolz zu den Schwestern zurück, welche sie von der Seite her neugierig maßen.

Nachdem ich Schnaps hatte bringen lassen, griffen die Musikanten zu ihren Geigen und Hackbrettern und spielten mir auf. Da hielt es die Weiber nicht lang auf den Bänken; sie sprangen auf, legten die Kinder behutsam nieder und traten in den Kreis, der zwischen den Tischen freigelassen war. Sie faßten sich mit verschränkten Armen bei den Schultern, wiegten sich eine Weile hin und her und sprangen dann in den Reigen.

Ihre nackten Füße klatschten auf dem festgestampften Boden; langsam, in schleifenden Bewegungen, drehte sich der Kreis. Ihre Leiber wiegten sich weich in den Hüften, ihre Köpfe, dunkelbraun unter den gelben und roten Tüchern, warfen sie lachend weit in den Nacken zurück, daß die bunten Jacken sich eng über den Brüsten spannten. Wild und wilder strich der Bucklige seine Geige und trieb die andern Musikanten an, rascher stampften die Füße, enger drängten die Schultern zueinander hin, die Kopftücher glitten von den schwarzen Haaren, und die Zöpfe, mit roten Bändern im Geflecht, flogen durch die Luft wie schnellende Schlänglein. Glühend wirbelten die zirpenden Klänge über dem wogenden Kreis der Tanzenden, flirrend wie die Sommersonne über dem Aehrenfeld, das ein heißer Atem bewegt.

Da erhob Tudoritza ihre Stimme und sang. Und alle fielen ein, sangen die Zigeunerhora mit, aber ihre einzelne Stimme klang trotzig und übermütig aus den andern heraus:

> »Brenn mich doch und röste mich
> Und auf Kohlen binde mich!
> Magst du mich aufs Feuer tragen,
> Will dir nicht den Liebsten sagen.
> Magst du mich am Spieße braten,
> Will den Liebsten nicht verraten.
> Schlägst mir mit der Weidenrute
> Brust und Augen, daß ich blute,
> Will ich doch zum Pförtlein schleichen
> Andern meine Lippen reichen.
> Wirbst du auch mit Zaunpfahlhieben,
> Werd ich doch den andern lieben.
> Also will es halt mein Sinn, –
> Trag ich Schuld, daß ich so bin?
> Trauben wollen im Sommer blühn;
> Wenn sie dann im Herbstlaub glühn,
> Kommt den Amseln das Gelüste.
> Gestern bin ich erst erblüht,
> Noch nicht reif sind meine Brüste,
> Doch von Feuer arg durchglüht.«

Mit einem jähen, schrillen Strich riß der Bucklige die Geige vom Kinn herunter. Tudoritza hatte die letzten Worte mit geller Stimme herausgesungen und so wild die Tänzerinnen nach sich gerissen, daß sie in tollem Wirbel herumstoben und alle kreischten und lachten. Nun hielten sie plötzlich inne, lösten die verschlungenen Arme und sahen zum Geiger hin, der ärgerlich sein Schnapsglas von sich stieß.

»Er liebt es nicht, wenn wir dieses Lied singen«, spottete ein Bursche und zuckte die Achseln. Ein altes Weib, das mit verschränkten Armen an der Wand gestanden und zugeschaut hatte, murmelte aus ihrem zahnlosen Mund: »Wenn du das Lied nicht hören magst, Niculaie, so bist du kein rechter Zigeuner und deine Mutter hat dich in einer bösen Stunde auf diese Erde geworfen!« Der Bucklige grinste dumm zu mir herüber: »Glaubt ihr etwa, euer Gebrüll erfreue den gnädigen Herrn? Nun laßt mich etwas spielen, das soll ihm besser gefallen.«

Die Zigeuner hockten rund um mich her, Tudoritza stand bei den Weibern und blickte aus ihren großen Augen unverwandt auf mich, ihr Atem ging heftig, sie hatte die Hände auf die Brüste gelegt. Der Geiger begann eine süßliche Weise zu spielen und verschnörkelte sie ausgiebig, bis ich mit der Faust auf den Tisch schlug und rief: »Tanzen! Wir wollen tanzen!«

Lachend sprangen die Burschen auf und führten die Weiber in den Kreis, der Bucklige nickte und sagte: »Gut, wie der gnädige Herr befiehlt.«

Mich packte jauchzende Wut, ich trat zu Tudoritza, legte meinen Arm um ihre Hüften und zog sie zu den andern. Sie sträubte sich, zerrte mit den Fingern an meiner Hand und flüsterte: »Weh, nicht so!« Ich lachte, und auch ihre Lippen ließen lachend die weißen Zähne sehen.

Wir tanzten, lange, lange, und wenn die Geige lässiger werden wollte, schrie ich dem Buckligen zu: »Heißa, willst du schlafen? Noch ists zu früh!« Wir stampften die Erde und warfen unsere Körper weit zurück, wir schlossen uns eng zusammen und wichen wieder voneinander, und ich fühlte Tudoritzas sehnigen Arm sich hart und warm in den meinen schmiegen.

»Morgen abend komm, hörst du?«, flüsterte sie, während die andern sangen.

»Ja«, keuchte ich, »natürlich komme ich.«

»Nicht hierher«, fuhr sie noch leiser fort. »Nach Hause.«

Ich schwieg. Nach kurzer Weile machte sich Tudoritza aus meinem Arme los, trat zurück, sagte laut: »Ich bin müde.« Da hörten wir auf zu tanzen.

Ich setzte mich zum Buckligen: »Du spielst gut, aber deine Frau tanzt noch besser.« Er lachte voll Stolz und fingerte an den Saiten. Dann hob er jäh den Kopf: »Meine Schwester, gnädiger Herr.« »Deine Schwester, ja«, sagte ich gleichgültig. »Für mich ists dasselbe, verstehst du?« Ich rollte ein Silberstück zu ihm hinüber. Er steckte es ein und dankte.

Später rückte er näher zu mir heran, zupfte mich am Aermel und begann zu sprechen: »Ich bin ein Mann von Ehre.« Ich nickte und sah ihn fragend halb über die Achsel an. Er rutschte noch näher zu mir, knackte mit seinen langen Fingern und stieß mit dem Kinn vor sich hin, in der Richtung nach den Weibern hinüber, wo Tudoritza saß: »Ich muß mein Auge auf sie haben und sehen, was sie treibt. Ihre Ehre ist auch die meine.«

»Ja, mein Lieber«, sagte ich lachend. Ich fühlte Tudoritzas Blick schmerzvoll auf mir. Der Bucklige flüsterte und sah mich von unten herauf an, und seine Finger machten rasch die Bewegung des Geldzählens. Ich hörte ihm nicht mehr zu, meine Sinne waren fern, ich dachte an den nächsten Abend, – da sah ich seine hastigen schmutzigen Finger und sagte roh: »Du willst dich für dein Weib wie für deine Musik bezahlen lassen?«

Er lächelte und schloß die Geige in den Arm. »Das eine wie das andere ist mir gleich lieb.« Und wieder fügte er rasch, fast ängstlich hinzu: »Du sprichst von meiner Schwester, Herr?«

Ich schmiß ihm noch ein Geldstück hin, das er lächelnd einsteckte. Dann ging ich zu Tudoritza und setzte mich neben sie. Der Bucklige trat an den Schenktisch und ließ sich Schnaps eingießen.

»Was flüsterte er?«, fragte sie leise. Ich nahm ihre kalten Finger in meine Hand und sagte, ebenso leise: »Du seist schön.« Sie drängte lächelnd ihren Kopf an meine Schulter: »Nein, sprich!« »Er behauptet, du seist seine Schwester.«

Langsam hob sie den Kopf, starrte vor sich hin, langsam löste sie ihre Finger aus meiner Hand, und als ich sie ansah, standen Tränen in ihren Augen. Sie erhob sich und ging hinaus.

Der helle Schein des frühen Morgens glitt fahl am Himmel herauf und stand graublau über den Dächern der Buden und in der stillen Schenkenstraße. Die Zigeuner schliefen, die Weiber kauerten am Boden längs den Wänden, die Kinder im Schoß, und die Männer hatten sich auf den Bänken ausgestreckt. Die Papierlaternen waren erloschen und hingen dunkel im blassen Licht.

Ich ging langsam nach Hause, an stillen Gärten vorbei. Ein Vogel zwitscherte. Die Luft war kühl; ich fröstelte, und meine Augen schmerzten mich.

Nun mußte es zu Ende gebracht werden. Müdigkeit und Ekel schlugen am nächsten Tag wie dunkle Schatten über mich; der geheime Haß des buckligen Geigers trat mir stumm und drohend entgegen, wo auch meine gehetzten Gedanken einen Ausweg suchten. Ich fühlte, wie schmerzhaft Tudoritza unter der Lüge litt und davon in einen unseligen Trotz getrieben wurde, der nicht gut enden konnte. Ich sah Gewalttat und Blut vor uns, ich sah wieder die roten Rosen im Jahrmarktsstaube liegen.

Als Tudoritza an diesem Abend, heftiger und schöner denn je zuvor, plötzlich aus dem Schatten der Schenke auf mich zutrat und mich am Arm mit sich fort zog, hatte ich nicht den Mut, ihr ruhig zu sagen, daß ich am nächsten Morgen in die Karpathenberge zu verreisen gedenke. »Später«, sprach ich zu mir. »Warum ihr die Freude der letzten Nacht verderben?« Es war feige.

Ich steckte ihr den silbernen Reif, den ich schon lange bei mir getragen hatte, an den Finger. Sie war verwirrt und dankte kaum, aber sie drängte sich näher an mich, ohne der Leute zu achten, die im Vorbeigehen erstaunt auf uns blickten. Sie hatte sich eine rote Rose hinters Ohr gesteckt; die flammte dunkel aus ihren schwarzen Haaren und leuchtete über der schmalen, braunen Wange.

»Wie viele Liebhaber dich schon geküßt haben«, neckte ich sie. »Willig gibst du dich ihnen hin, und ihre Liebe liegt als Schmuck auf deinem Leibe.«

Sie blieb stehen, sah mich aus ihren großen Augen an, Tränen hingen an den Wimpern, die Lippen zuckten.

»Ist dein Leib nicht schlank wie ein Baum am Wasser, dein Gesicht nicht dunkel wie von freudigem Erröten, dein Gang nicht so leicht wie ein Tanz bei rascher Musik?«

»Du willst mir weh tun«, sagte sie leise. »Ich bin nicht so.«

Ich legte meinen Arm um ihren Leib. »Wind und Sonne und Regen – genossen sie dich nicht mehr als ich?«

Da lachte sie. »Du bist nicht neidisch auf sie. Sie nahmen dir nichts.«

»Nein«, sagte ich, »sie gaben dir mehr als sie nahmen.«

Wir gingen auf den Tanzplatz. Die Zigeuner grüßten mich, fast vertraulich, und flüsterten miteinander. Der Bucklige war nicht da.

Ausgelassen zog mich Tudoritza in den Reigen. Wir tanzten, bis wir müde waren. Wir setzten uns in die Schenke und tranken. Und tanzten wieder, bis unsere Gesichter heiß waren und unsere Arme eng ineinander verschlungen lagen.

»Komm nun nach Hause«, flüsterte sie. Wir verließen den Tanzplatz und den lauten Markt und gingen in die Nacht hinaus. Hinter uns versank das Schreien und die Musik; nur unser Blut sang.

Tudoritza führte mich an der Hand zwischen den Gärten hindurch, an den niederen Hütten vorbei, die hell schimmernd in den dunkeln Bäumen standen. Sie bog in einen Hof. Ein Hund kam auf uns zu, schnupperte an ihrem Rock und begann gegen mich zu bellen. »Schweig doch«, zischte sie; ich fühlte, wie ihre Hand in der meinen zu zittern begann. Knurrend trottete der Hund unter das niedere Vordach, das von Holzsäulen schief gestützt war.

Tudoritza ließ mich los und schlich leise weiter. Langsam fanden sich meine Augen in der Dunkelheit zurecht. Ich sah, wie die Frau, immer im Schatten gleitend, nach der Tür zu ging und mit tastenden Händen über dem Türbalken nach dem Schlüssel suchte. Nun beugte sie sich zur Erde nieder, griff unter die Schwelle, richtete sich wieder auf und strich nochmals über den Balken. Wedelnd schmiegte sich der Hund an ihr Knie. Sie legte ihm eine Hand auf den Kopf und sah sich nach mir um. Ich trat zu ihr.

»Der Schlüssel ist nicht da«, flüsterte sie. Ihre Zähne knirschten, und ich sah im schwachen Licht der Nacht, wie die Züge ihres Gesichtes hart und von zornigem Haß gemeißelt waren. »Er hat ihn mit sich genommen«, zischte sie.

Dann wandte sie sich rasch ab, winkte mir mit der Hand und trat unter das Vordach zurück. Behutsam glitt sie an einen Holzschragen heran, beugte sich darüber und griff mit den Händen in Decken und Lumpen hinein, die darauf lagen.

»Hier schlafen sie«, sagte Tudoritza leise zu mir. Ich erkannte zwei Kinderköpfe, mit zerzaustem Haar und halboffenen Mündern. Ein Fäustchen krampfte sich geballt um einen Deckenzipfel.

Eines der Kinder regte sich ächzend im Schlaf. Lauernd neigte sich die Mutter darüber, schob ihre Hand unter seinen Kopf, zog langsam einen großen Schlüssel hervor. Er blitzte matt auf.

Das Kind stöhnte leise. »Still, still«, flüsterte beschwichtigend die Frau. Dann richtete sie sich hoch auf, starrte aus ihren großen Augen auf mich und wies mir den Schlüssel. Sie wollte einen Schritt nach der Tür hin tun, aber da sanken ihr die Arme schlaff am Körper herunter, ihr Kopf neigte sich, der Schlüssel fiel klirrend auf die Steinplatten. Es war, als sinke ein Feuer erlöschend in die eigene Asche zusammen.

»Komm«, sagte ich und legte den Arm um ihren zitternden Leib. »Komm, gehen wir.« Langsam zog ich sie von den Kindern weg; willenlos, ihr Haupt auf meiner Schulter, wankte sie neben mir über den steinigen Hof. Der Hund begleitete uns, blieb dann stehen und trottete zögernd zu der Hütte zurück.

Tudoritza sprach kein Wort mehr. Sie antwortete mir nicht, als ich sie fragte, ob wir auf den Tanzplatz zurückgehen wollten, und setzte sich dort müde hin, ohne aufzuschauen.

Ich ließ sie eine Weile allein, trat in die Menge, die sich um die Tanzenden drängte, sah dem Reigen zu, pfiff lässig die Musik mit.

Als ich in die Schenke zurücktrat, saß der Bucklige neben Tudoritza und redete heftig auf sie ein. Er fuchtelte mit seinen langen Fingern vor ihrem Gesicht. Sie hielt den Kopf gesenkt und sah ihn nicht an; ihre Lippen waren eng aufeinander gepreßt.

Ich trat herzu. Der Geiger rückte an seiner Mütze. Ich setzte mich hin.

»Mein letzter Abend bei euch, Ciulac«, sagte ich ruhig. »Morgen reise ich.«

Er öffnete den Mund, starrte mich an, schwieg. Tudoritza blickte langsam auf, dann warf sie ihren Leib vornüber auf den Tisch und grub den Kopf in die Arme.

Ich ging wieder weg. Der Bucklige folgte mir, ergriff mich am Aermel und winkte mir, ihm zu folgen.

»Was willst du noch?«, fragte ich.

Er zog mich um die Ecke in den Schatten und flüsterte: »Warum reist der gnädige Herr weg? Will er nichts mehr von meiner Schwester wissen?«

»Lüg mich nicht mehr an!«, fuhr ich auf.

Er zuckte mit den Schultern. Dann rieb er die Finger aneinander. »Wir könnten uns wohl einrichten«, lächelte er. Seine Hand hob sich langsam hohl zu mir empor.

Ich spuckte daran vorbei und wandte mich ab.

Sie tanzten immer noch, lauter und wilder als je. Der letzte Reigen wurde gespielt; nachher verlief sich die Menge in die Schenken.

Der Bucklige stand vor Tudoritza; er stampfte, wies hinauf auf mich, und stieß ihr mit der Faust gegen die Schulter. Seine Stimme war lauter geworden; ich hörte, wie er kreischte: »Er soll bleiben! Geh, halt ihn zurück!« Stumm schüttelte das Weib den Kopf und barg ihn wieder in den Händen.

Ich ging leise weg. Mir war, als hörte ich seine rohe Faust auf ihren schwachen, willenlosen Leib fallen.

Fieber

Ueber den gelben Feldern der Ebene lag die brütende Sommerluft dick und unbeweglich. Der Asphalt in den Straßen von Bukarest schmolz. Vollgepfropfte Züge schleppten keuchend halbe Städte ins Gebirge hinauf.

Auf dem flachen Lande jammerten die Weiber, fluchten die Gutsverwalter: Gerade jetzt, wo jeder Arm nötig war, berief man neue Jahrgänge unter die Fahnen. An der Donau lagen sie, am Pruth lagen sie, in die Karpathen wurden sie gestopft; wo stand denn eigentlich ein Feind, wer war der Feind?

Der Acker versprach eine reiche Ernte. Das Volk hungerte. »Alles haben sie im letzten Herbst um Gold an die Deutschen verkauft«, klagte die Alte. Der Bauer schnallte den Riemen enger und stöhnte: »Schweig, wenn dus nicht besser weißt. Im Speicher liegt das Korn und fault. Der Engländer hat es ihnen noch höher bezahlt, nur damit es nicht über die Grenze geht. Und wir hungern.«

Die Aktentische der Regierung waren Börsenpulte geworden. Sie bogen sich unter dem Geschäftsgewinn. Wer ließ sich davon wegdrängen? In den Straßen brüllte das Mißvergnügen derer, die nicht herankamen, und die erhitzte Wut der aufgestachelten Menge. Russische Kosaken hatten in der Moldau die Grenze überritten. Ließ man sie gewähren, schloß man sich ihnen an, schlug man sie zurück?

Die Wage zitterte. Welche Schale sank?

Am Samstag holten die Kinder ihren Vater am Bahnhof ab. »Du bist müde, Papa. Kannst du nicht hier bleiben, eine Woche wenigstens? Wozu wieder in die schreckliche Stadt zurück?« Er strich ihnen über die Köpfe: »Wollen wir alle auf unser Landgut reisen? Morgen schon?« Sie jubelten: »Ja, reisen wir. In Sinaia ist es nicht mehr lustig. So viele Menschen sind jetzt da.«

Ich fragte, als wir allein waren, den Fürsten: »Reisen wir?« Er wiederholte: »Morgen.« Nach einer Weile sagte er, fast flüsternd und mit raschem Blick zur Tür: »Morgen stehn wir vielleicht im

Krieg.« Ich, rasch: »Gegen wen?« Er zuckte die Achseln: »Wie soll man es wissen? Morgen wissen wir es, vielleicht.«

Beim Tisch fragte ich: »Stimmt es, daß die Regierung ein neues Abkommen mit den Zentralmächten getroffen hat, Gemüselieferung?« Der Fürst sah gequält aus. »Ja«, sagte er kurz. Ich schwieg.

Am Abend packte ich meinen Koffer. In eine Handtasche schob ich das Nötigste. Das kleine Zimmer war nun kahl. »Nehmt alles mit«, befahl der Fürst den Dienerinnen der Kinder. »Vergeßt die Lehrbücher nicht«, scherzte er. »Ich dachte, wir reisen in die Ferien?«, schmollten sie. »Wir wissen nicht, wann wir zurückkehren«, sagte er und wandte sich ab.

Das Gitter zu unserm hellen Tennisplatz schlossen wir mit einem kleinen Vorlegeschloß. »Soll ich den Schlüssel an mich nehmen?«, fragte ich. Der Fürst blickte über den flimmernden Platz, über die Bäume, die tiefer am Hang standen, über das waldige Tal hin: »Wenn sie hier ein Geschütz postieren wollen, werden sie den Schlüssel nicht erst bei Ihnen holen kommen.« Ich ließ ihn im Schloß stecken.

Am Sonntagvormittag schoben wir die Kinder, ihre Erzieherinnen und die Dienerschaft in einen Zug, der talwärts fuhr. Am Bahnhof herrschte wimmelndes Gewühl; die Ratlosigkeit der Sommerfrischler schrie nach Zügen, nach Meldungen aus der Hauptstadt, nach Entscheidung.

Der Fürst schloß das Haus und bestellte einen Wagen; zusammen fuhren wir das kühle Waldtal hinab. Unter den breiten Baumkronen, zwischen den riesigen Stämmen der Tannen, vorbei an rauschenden, jagenden Wassern klapperten die Hufe der Rosse auf der harten Straße. Der Wald stand ruhevoll im Mittagsglast der sommerlichen Reife. Er schob sich dunkel gebauscht vor die silbern schimmernden Felswände der Berge. Wenn ich zurückblickte, versanken ihre hellgrauen Spitzen tiefer und tiefer im grünen Wipfelmeer.

Unserm Wagen entgegen stob ein Reiter das stille Tal herauf. Ein Bauernbursche, ohne Hut, in der einen Hand die Zügel, in der andern einen Brief. Der Fürst ließ unsern Wagen halten, hob den Arm; der Reiter trieb das Pferd an den offenen Schlag. »Wohin?«, fragte der Fürst. Der Bursche musterte uns, dann sagte er kurz: »Hinauf ins Tal.« »Was für einen Brief trägst du da?«, forschte der Fürst. Der Reiter drängte das Tier einen Schritt zur Seite. »Ich weiß nicht, was er enthält«, sagte er mürrisch und unsicher. »Zeig her«, befahl der Fürst und nannte, etwas verlegen, seinen Namen; er streckte die Hand aus. Der Bursche blickte uns starr in die Augen; auf seinem Gesicht kämpfte die gehorsambereite Willfährigkeit mit der Erinnerung an einen scharfen Befehl; er schüttelte kaum merklich den dunkeln Kopf, stieß plötzlich seinem Pferd die Fersen in die Weichen und jagte davon, geduckt, um die verlorene Zeit einzuholen. Der Fürst lächelte vor sich hin und murmelte: »Krieg – eine andere Zeit.« Nach einer Weile, als wir weiterfuhren, sagte er: »Der Bursche hat ganz recht gehandelt. Aber wagt man nicht mehr, das Telephon zu benutzen? Was für ein Land –.«

Wir fuhren den ganzen Tag. In der heißen Mittagsstunde, als wir aus dem Waldtal hinaus in die rotsandigen Hügel gekommen waren, rasteten wir im schmalen Schatten einer Dorfschenke; dann fuhren wir weiter. Die Weinberge leuchteten hellgrün hinter den buschigen Kronen der Obstbäume, vor den Holzzäunen der niederen Lehmhütten standen hochgewachsene Männer im Gespräch, Frauen schleppten an wippendem Tragjoch in matten Eimern das Wasser aus dem versickernden Fluß in das Dorf, fern ragten, wie ernste dunkle Friedhofbäume, die schwarzen Bohrtürme über dem aufgerissenen, versengten, unfruchtbaren Erdölboden. Wir bogen von der Straße in die holprigen Feldwege ab, fuhren zwischen Mauern von raschelnden Maisstauden, hinter denen die Fluten des Korns atmend wogten, verloren uns tief in der Grenzenlosigkeit des flachen Landes. Staub und Hitze schlossen uns die Lippen und brannten in den Augen. Die Sonne sank am unendlichen Himmel; es war, als ob alle Glut des Tages in einem feurig schmelzenden Tropfen, den die dunstige Luft nicht mehr halten konnte, den fernen dunkelvioletten Höhen zurolle.

Aus den schimmernden Aeckern hob sich das verstaubte Baumgetümmel eines alten tiefschattigen Parks, eine bröckelnde Mauer schob sich an die Straße heran, Schuppen und Ställe umschlossen einen graslosen, zerstampften Hofplatz. Wir fuhren an ihm vorbei; sogleich entstand Bewegung unter den bäurischen Arbeitern, die herumlagen, sie sprangen auf, traten zur Straße, schauten unserm

Wagen nach, der langsam durch ein hohes, baufälliges Gittertor in das Dämmerlicht der gewaltigen Bäume tauchte. Das Eisenwerk, ein zierliches Gebilde, war vom Roste braun; die Prellsteine schienen von manchem Rad angefahren worden und von der Zeit verwittert zu sein. Aus dem nahen Busch, der die Wegkanten wild überwucherte, traten zwei Männer raschen Schrittes hervor; lange Flinten ragten quer hoch über ihre breiten Schultern, im roten Gürteltuch staken klobige Pistolen; sie verbeugten sich tief, indem sie die Hände über der Brust zusammenlegten. Es waren die zwei Wächter, die Tag und Nacht das Haus umspähten und den Park durchstreiften, Türken, dem rumänischen Gesinde des Gutes fremd in Sprache und Sitte, dem Herrn ergeben wie seine Augen.

Unter dem dunkeln Laubgang hervor glitten wir auf den hellen Kiesplatz. Nieder, breit und schwer lag das Haus; die hohen Fenster beinah zu ebener Erde standen weit offen hinter starken Gittern; flache Stufen führten über eine dunkel umwachsene Vorhalle zur eisenbeschlagenen Bogentüre. Im hohen, kühlen Flur jubelnd empfingen uns die Kinder und wiesen uns stolz die Zimmer, die sie bezogen und notdürftig wohnlich ausgestattet hatten.

Rasch sank der Abend. Dunkel säumten die Bäume das letzte Licht auf der Wiese; mit erregtem Gekrächz tobten Schwärme von Krähen über den zackigen Wipfeln; im hohen verwilderten Gras weideten die Rosse. Vom Hof her kamen, auf nackten Füßen, die Bauern, scharten sich bei der Treppe, wünschten den Fürsten zu sprechen, wurden vom Verwalter der Ländereien, der rasch erschienen war, grob angefahren und in die Nacht zurückgetrieben. Dann traten die beiden Männer abseits, zu langem Gespräch, und spät und müde setzte sich der Fürst zu uns an den Abendtisch.

Gellende Hornstöße riefen ferneher durch die Nacht. Die Kinder sahen uns fragend an, eilten hinaus, kehrten angstvoll zurück. Der Fürst sagte leise, ohne aufzublicken: »Der Krieg.« Alle schwiegen. Klagend schrien die Hörner über das reife Land, durch die dunkle Einsamkeit. Wir würgten das Brot hinunter, schluckten durstig den Wein; er schmeckte uns nicht.

Die Kinder wurden zu Bett gebracht. Eifrig, doch flüsternd unterhielten sie sich auf der Schwelle ihrer Zimmer, berieten mit den verängstigten Mägden darüber, ob sie die Kleider nicht am Leibe behalten und eines jähen Alarms gewärtig sein mußten, fügten sich nur widerstrebend in die gewohnte Regel, stets hinaus lauschend nach Hornruf und Marschschritt, und schliefen, überwältigt von ihrer Müdigkeit und dem Nachhall des erregten Tages, plötzlich mit der letzten Frage auf den Lippen ein, während Stine, die deutsche Kinderfrau, weinend von Bett zu Bett ging.

»Ja, da ist nun Stine«, sagte der Fürst zu mir und blickte durch das Fenster in die Nacht hinaus. »Soll sie hier bleiben? Sie sollte fort, weg, solange noch Zeit ist. Ist noch Zeit? Ich habe sie selber angestellt und ihr versprochen, sie über die Grenze zu senden, ehe der Krieg ausbräche. Ich glaubte nicht an diesen Krieg. Nun ist er da. Was soll mit Stine geschehen?«

Er sah bekümmert aus.

»Es kann ja rasch zu Ende gehn. Es kann lange dauern. Unser Schicksal ist einem größern angehängt worden. Wir wissen gar nichts mehr.«

Wir schritten zusammen hinüber zu den Ställen. Noch immer standen die Bauern herum. Der Fürst rief ihnen zu: »Wer muß einrücken?« »Ich – ich – und ich«, antworteten dumpfe, rauhe Stimmen aus der Dunkelheit.

»Und ich«, sagte der Fürst leise zu mir und zog mich weiter. »Sie werden hier die Aufsicht übernehmen müssen. Der Verwalter bleibt. Aber im Haus. Im Park. Die Türken, sie werden morgen als unsere Feinde abgeführt werden; die treusten Diener! – Würden Sie den Versuch wagen, Stine an die Grenze zu bringen, ihr fortzuhelfen?«, fragte er plötzlich und blieb stehen. »Morgen früh müßten Sie fahren, noch diese Nacht.«

Ich zögerte nicht. »Ist es noch möglich?«, fragte ich nur. Der Fürst zuckte die Achseln.

Ehe der Tag graute, bestiegen wir den Wagen und fuhren durch die Felder davon. Der junge Kutscher saß gebeugt vor uns auf dem Bock; wenn er aus seinem Schlummer erwachte, trieb er die Pferde an, die ruhig ausgriffen. Stine, in ein dunkles Tuch gehüllt, weinte still vor sich hin; ihre Schulter stieß leise bebend gegen mich. Sie klagte ihre dumpfe Sorge, das wirre Leid einer Nacht: »Die Kinder, was werden sie sagen, wenn ich am Morgen nicht da bin? Ach, dieser Krieg; aber ich fühlte, daß er kam. Er ist ein großes Unglück für das Land. Was will es ohne unsere Hilfe? Und die Kinder, was wird aus ihnen ohne mich?« Starr, aus weinenden Augen blickte sie in das graue Land. Der Morgen rang sich strahlend empor.

Wir ratterten über das holprige Pflaster der kleinen Stadt, die langsam im Frühlicht erwachte. Am Bahnhof war lautes Getue; lange Züge mit Truppen standen auf jedem Geleise; Feldküchen dampften. In einer Nebenstraße ließ ich vor einem hellen Hause halten, sprang aus dem Wagen und trat in den Garten. Vor der Tür, die das österreichische Konsulatsschild krönte, standen ratlos und verlegen einige Männer und Frauen. Ihre Gesichter wandten sich erschreckt mir zu, als ich zwischen sie trat. »Ist niemand hier?«, fragte ich in deutscher Sprache. Keiner antwortete. Ich drückte auf den Knopf der Klingel; sie schrillte durchs Haus, durch die kühle Frühstille.

Ein Diener riß die Tür auf, in Hemd und Hose, und flüsterte barsch: »Hab ich euch nicht gesagt, es nützt nichts? Wer schellt schon wieder, zum Teufel?«

Ich fragte ruhig nach dem österreichischen Konsul. »Schläft«, erwiderte der Diener. »Kommen Sie später, wenn Tag ist.« Er schob die Türe zu. Ich stieß meinen Schuh zwischen Schwelle und Holz: »Dringende Paßangelegenheit. Ich muß ihn sofort sprechen.« Erstaunt maß mich der Kerl: »Was erlauben Sie sich? Wer sind Sie? Ist jetzt Kanzleistunde?«

Ich fuhr zurück. »Wissen Sie nicht –? Krieg?« Rings um mich stieg das Murmeln ungeduldig und höhnisch: »Hier weiß man von nichts. Uns hat man aus Haus und Bett gejagt, in die Nacht. Der Herr Konsul schläft.« Zorniges Gelächter. Der Diener drückte die Tür ins Schloß.

Wir standen im Garten, unter den Büschen, deren Blüten in der frühen Sonne schimmerten. Alle redeten auf mich ein. Es waren Arbeiter aus dem Erdölgebiet, Techniker, Ingenieure, Kaufleute. Frauen saßen müde auf der Bank, klaubten Brot aus ihren Handtaschen, boten es den Kindern. Neue kamen herzu, ein paar Juden, ein bärtiger Förster mit Hornknöpfen auf der braunen Jacke und einem wippenden Gamsbart am grünen Hut. Viele kannten sich, erzählten ihre Schicksale, jammerten laut, fluchten. Auf der Straße, vor dem hölzernen Zaun, rottete sich rumänisches Volk, höhnte und drohte. Stine wickelte sich aus ihrer Decke, verließ den Wagen und trat unter ihre Landsleute. Ich versuchte sie zu bewegen, weiterzufahren, der Grenze zu – doch dies schien mir aussichtslos – oder zurück aufs Landgut. Wir näherten uns zögernd der Gartenpforte. Zwei rumänische Soldaten standen davor – wir hatten sie nicht anrücken sehen – und wehrten den Weg. Andere vertrieben das neugierige Volk. Ein Trupp stand im Garten, verteilte sich rasch um das Haus. Ein Offizier klingelte an der Tür, lang, ungeduldig. Er drehte sich um, bevor ihm geöffnet wurde, sagte zu uns allen:»Keiner verläßt den Garten; ihr seid gefangen«, und schritt an dem sprachlosen Diener vorbei in die Wohnung. »Der Herr Konsul schläft!«, brüllte ihm eine Stimme höhnisch warnend nach.

Neues Klagen erhob sich unter den Leuten. Das Wort von der Gefangenschaft, rauher Kriegssprache entlehnt und hier dem Sinne nach gewiß nicht am Platze, riß mit einemmal die grauenvolle Not des angebrochenen Tages in das Bewußtsein aller. Was war denn geschehen? War nicht der Himmel hoch und klar wie seit Wochen schon in diesem gesegneten Sommer? Wartete nicht der Acker auf die braunen Hände, der Markt auf die gellen Rufe der Händler, der schwarze Bohrturm auf die Tagschicht, – mein Zögling auf die Rechenaufgabe, die ich ihm in die widerborstige Feder diktierte? Alles stockte; so stockt das Blut im kranken Leib. Alles war verwirrt, verknäuelt, unübersehbar; so schlägt das Fieber den gequälten Leib. Höhnisch glich der Tag allen andern; grausam verschieden von ihnen war er zugleich. Und wir Menschen, alle, gleich wie gestern und doch anders; Gefangene alle, hüben und drüben von diesem wackelnden Gartenzaun, den Soldaten im feldgrünen Kleide mürrisch bewachten.

Der Vormittag verging rasch. Neue Häftlinge wurden eingeliefert; sie füllten den Garten und man lagerte sich auf dem Rasen, unter den Bäumen, im Schatten der Büsche. Man sprach mit den Soldaten, mit dem Polizisten, den manche kannten und der gegen Entgelt bereit war, die Nahrungsmittel in der Stadt einzukaufen. Man teilte das Mittagsbrot mit ihm; er tröstete uns dafür. Am Nachmittag sandte ich ihn mit meinem Paß zum Polizeikommandanten; auf einen Zettel schrieb ich mein Begehren, unverzüglich freigelassen zu werden. Heulend kam er zurück; der Kommandant habe ihn wegen der Störung seiner Mittagsruhe geprügelt.

Rasch sprach es sich unter den Gruppen im Garten herum, daß ich nur aus Versehen oder Zufall in der Haft weile und daß ich ohne Zweifel freigelassen würde, sobald sich die Obrigkeit mit uns zu befassen geruhe. Ich wurde mit Aufträgen bestürmt, sollte Angehörige, Freunde und Gönner unterrichten; mein Notizbuch füllte sich mit Adressen.

Unterdessen waren die untern Räume des Konsulats den Häftlingen erschlossen worden. Vor dem Ofen kauerten Beamte, die in den versengten Resten hastig vernichteter Papierstöße herumstocherten. Die Frauen und Kinder richteten sich hier für die Nacht ein.

Ueber den Zaun hinweg, von den Soldaten nicht behindert, gab ich dem immer noch harrenden Kutscher Befehle. Er führte den Wagen in die Stadt, die Pferde in einen Stall; sollte ich am nächsten Morgen nicht frei sein, so fuhr er eilig aufs Landgut zurück, wo er, so hoffte ich schwach, den Fürsten noch finden würde.

Es kam die Nacht. Niemand kümmerte sich um uns. Die Wachmannschaft verblieb unabgelöst auf ihrem Posten; doch schritt sie nun reger ums Haus und dem Zaun des Gartens entlang, um jeden Fluchtversuch zu verhindern. Ihre Gewehre wurden vor unsern Augen geladen; im Dunkel blitzten ihre Bajonnette auf.

Uns hatte man zur Nachtruhe die Rasenflächen des Gartens angewiesen. Ein paar Decken waren da; viele hatten ihre Mäntel gleich mitgebracht. Zum Kopfkissen erhielten wir in der Kanzlei gewichtige Stöße bedruckten Papiers. Beim Schein des flackernden Streichholzes, das die letzte Zigarette des Tages entzündete, sahen wir, daß wir auf den offiziellen Todes- und Verlustlisten der k. k. österreichisch-ungarischen Armee ruhten. Ueber uns funkelten die Sterne des ewigen Himmels.

Die Morgenkühle weckte uns vor Tagesanbruch. Mit steifen Gliedern erhoben wir uns, stampften uns warm und schlugen die Arme um den Leib.

Mir war am Abend unter den eingebrachten Häftlingen ein derbknochiger Bursche aufgefallen, der ohne Kopfbedeckung, in groben

Schuhen scheu durch die Gruppen gegangen war und sich abseits gelagert hatte, einen kleinen Lederkoffer zwischen die Knie gepreßt und starr vor sich hinbrütend. Nun, am Morgen, trug er einen weißen Leinenkittel, wie ihn etwa Aerzte im Krankenhaus überziehen, wenn sie von einem Krankenbett zum andern gehen. Keiner schien ihn zu kennen. Er trat hier zu einer Gruppe, lauschte, redete ein Wort mit, wandte sich weg und mischte sich dort in ein anderes Gespräch. Seine Stimme klang rauh und heiser, seine Hände zeigten die Spuren grober Arbeit; ich hätte ihn für einen Mechaniker aus den Erdölwerken gehalten, wenn er nicht diesen lächerlichen Operationsmantel getragen hätte.

Plötzlich fühlte ich, daß er mich beobachtete. Er stand in einem Winkel des Gartens, den offenen Lederkoffer in der Hand, so, als ob er sich nächstens auf die Reise zu begeben gedächte, mit dem Aussehen des vergeßlichen Professors aus dem Witzblatt. Er starrte mich an, kam langsam einige Schritte näher, wandte sich wieder ab und stand mit einemmal, als ich allein war, neben mir. »Wollen Sie mir helfen – mir auch einen Dienst erweisen?«, flüsterte er. Ich wich zurück. Sein verwirrtes, drohendes Wesen beunruhigte mich. Er drängte sich näher an mich. »Ich werde in ein Lager geschleppt werden, wie alle hier. Gott weiß wohin, in die Donausümpfe. Man wird uns alles abnehmen. Ich habe Geld bei mir –«, er hob den offenen Koffer empor. Ich sah sofort, daß sein Schloß erbrochen war. Er wühlte mit der Hand in seinem Inhalt.

»Hier – das sind Instrumente; ich bin Zahnarzt, wie Sie sehen – alles in der Eile zusammengepackt – hier ist das Geld.« Er griff nach einem Bündel Banknoten und streckte es mir zu. »Bewahren Sie es für mich auf. Senden Sie mir ab und zu einen Schein ins Lager; ich werde ihn brauchen können. Aber ich will mir nicht alles stehlen lassen. Nehmen Sie das Geld an sich. Nehmen Sie!« Er wollte es mir aufdrängen.

Ich wehrte ab, brachte Ausflüchte vor. Er ließ nicht locker.

»Warum wollen Sie mir nicht helfen?«, knurrte er. »Soll ich alles verlieren? Hier, sehen Sie: ich habe auch einen Paß, einen rumänischen Geburtsschein. Ein Freund hat ihn mir gegeben, vorgestern abend. Wir saßen beisammen, am Sonntagabend, und tranken und waren vergnügt. Kommt einer und sagt: ›Krieg!‹ Ich, auf und davon, packte zusammen, was mir unter die Hände geriet – ich bin Zahnarzt, wie Sie sehen –, und mein Freund leiht mir seinen Geburtsschein. Mit dem wollte ich reisen. Ach, wohin? Es ist ja alles zu- und abgesperrt. Ich kann doch nicht nach Rußland! Der Fetzen hat gar keinen Wert mehr, nachdem sie mich gestern aufgegriffen haben. Ich kann ihn vernichten.«

Seine klotzigen Hände zerrissen den rumänischen Geburtsschein; spähend, mit dem Häuflein Papier in der hohlen Hand, blickte er rund um sich, wohin er es werfen könne, und schob es dann in die Hosentasche.

»Es ist gefährlich, diese Fetzen in der Hosentasche zu tragen«, warnte ich ihn. »Man wird Sie untersuchen.«

Er fuhr jäh zurück, warf mir unter buschigen Brauen einen ängstlich bösen Blick zu und griff mit der Hand rasch in die Tasche.

»Warum tragen Sie diesen Mantel?«, fragte ich ihn und versuchte zu lächeln. »Hier sind doch keine Patienten.«

»Darf ich nicht tragen, was mir beliebt?«, schrie er mich an. »Hier haben doch nicht Sie zu befehlen!« Ich zuckte die Achseln. Er bückte sich nach seinem Koffer, versuchte ihn zu schließen ; es gelang ihm nicht, und er murmelte: »Den Schlüssel habe ich verloren, mußte das Schloß heute aufbrechen.«

»Haben Sie sich verletzt?«, fragte ich. Ueber seinen Handrücken lief eine rote Schramme; die Wunde klaffte noch, doch blutete sie nicht mehr. Er stieß hervor: »Am Schloß, ja, – wenn es Sie interessiert.« Wieder blitzte mich sein Auge böse an, mit dunkelm, wirrem Blick. »Heute?«, fragte ich erstaunt.

Er riß den Koffer vom Boden empor und verließ mich. Er mied meine Nähe und sprach nicht mehr mit mir.

Am späten Nachmittag – ich hielt am Zaune Ausschau, ob nicht der Fürst oder ein von ihm bewirkter Befehl mich befreien kam – erschien ein Zug Soldaten, mit ihm ein Zivilbeamter, geckenhaft sommerlich gekleidet, in weißen Segeltuchschuhen und hellem Gewand, mit einem seidenen Sonnenschirm am Arm. Er trat in den Garten ein, musterte verächtlich die Herumlagernden und verschwand in der Kanzlei. Ich schritt ihm nach, wies mich aus, ersuchte um sofortige Freilassung. Er hörte meinem Wort mit halbem Ohr zu. »Wir leben jetzt im Krieg«, sagte er zierlich. »Verstehen Sie nicht, daß so etwas im Krieg vorkommen kann?« »Ich beschwere mich nicht«, erwiderte ich, »aber ich wünsche, unverzüglich freigelassen zu werden.« Er, scharf: »Sie werden sich der Mühe unterziehen müssen, uns in die Polizeikaserne zu begleiten. Sie werden mich begleiten«, fügte er mit süßlichem Lächeln hinzu.

Die Ankunft des tänzelnden Zivilkommissärs und der neuen Soldaten, die, Gewehr bei Fuß, vor der Gartenpforte auf der Straße verharrten, hatte große Aufregung in die Schar der Häftlinge gebracht. Die Bündel wurden geschnürt, die Kinder gesammelt, die Frauen blickten ängstlich auf die Männer.

Nach einer Weile erschien der Kommissär wieder auf der Treppe. Ein Unteroffizier gab Befehle: alle, Männer, Weiber und Kinder, hatten sich, je vier und vier, zum Abmarsch aufzustellen. Ein lockeres Netz von Soldaten umspann den Zug; sie trugen die Gewehre schußbereit im Arm.

»Eintreten«, schnarrte der Kommissär und wies mit der Spitze seines Sonnenschirms auf mich, der ich abseits stand. »Ich werde Sie begleiten«, sagte ich rasch, ihm freundlich beruhigend zulächelnd. Seine Züge versteiften sich. Die ganze Schar blickte auf ihn, auf mich. Das Blut stieg ihm in die Stirne. Er zischte dem Unteroffizier ein Wort zu. Vier Mann traten zu mir, umschlossen mich mit vorgereckten Waffen. Ich fügte mich lachend. Lange konnte die Komödie nicht mehr dauern.

So zogen wir durch das Städtchen, voraus die Schar der Häftlinge, die weinenden Frauen neben den stummen Männern, die Kinder mit bleichen Gesichtern, und am Schluß, unter besonderer Bewachung, ich allein. Der tiefe Staub der Straße wirbelte unter unsern Schritten empor; er lag im Sonnenlicht wie eine silberne Wolke über den Häuptern der Unglücklichen, und in seinem wehenden Schimmer sah ich, weit vorn, den Gamsbart des stämmigen Försters lustig wippen. Neugieriges Volk betrachtete uns aus Fenstern und Türen und vom Fußsteig herab. Kein Wort, kein Ruf wurde laut. Der Schritt unserer Schuhe im Staub und auf dem holprigen Pflaster klang wie ein müdes, eintöniges Lied.

Vor dem Hof der Polizeikaserne erblickte ich, hoch auf dem Bock seines Wagens, unsern Kutscher. Er nickte mir zu und reckte den Stil seiner Peitsche gegen das helle Gebäude hinüber.

Man stellte uns in langer Reihe auf. Einer nach dem andern wurde in die Kaserne geschickt; keiner verließ sie wieder. Mitten in unsere zaghaft gewechselten Vermutungen über das bevorstehende Verhör und den Weitertransport der Internierten scholl lauter Lärm aus den offenen Fenstern der Kaserne, und ich vernahm die maßlos erregte und stürmisch wetternde Stimme des Fürsten. Unser Zivilkommissär kam im Eilschritt aus dem Tor gefahren, spähte die Front seiner Gefangenen ab und eilte auf mich, der ich am äußersten Ende stand, zu, schon im Laufen keuchend: »Kommen Sie rasch! Bitte sofort. Was haben Sie mir eingebrockt!« Ich verharrte still. Er beschwor mich: »Haben Sie die Güte, mir zu folgen! Ich kann Sie doch nicht mit Waffengewalt in die Freiheit führen.« Verzweifelt blickte er auf die Soldaten, die mit glotzenden Augen neben mir standen. Ich schüttelte lachend den Kopf.

Aus dem Tor trat nun, gefolgt von einigen Offizieren, der Fürst. Sein Gesicht war finster vor Wut. Ich ging ihm rasch entgegen. Er gab mir die Hand. »Esel«, sagte er zu dem Kommissär, laut vor der Front. Dann winkte er Stine, und wir verließen den Hof. Unsere Gefährten blickten uns aus stumpfen, erloschenen Augen nach.

Als wir in den Wagen stiegen, flüsterte er in weicher Scham: »Küssen Sie die Kinder von mir. Wann werde ich sie wiedersehen?« Er hob die Hand zum Gruß.

Wir fuhren in den stillen Abend hinaus. Bald war die goldene Weite der Felder um uns.

Wäre nicht der Gedanke an den Krieg in unsern Sinn verkrallt gewesen, wir hätten ihn in der Einsamkeit unseres alten Landhauses auf Stunden und Tage hinaus vergessen müssen.

Ein Morgen wie der andere hob sich licht aus dem Düster der Bäume, die das Haus umrauschten; jeder Mittag brannte in verströmender Glut auf die flimmernden Felder herab; der Abend ging müd und zögernd über die Wiese zum See, der fern heraufblitzte. Wir badeten, wir ritten – doch nahm man uns eins ums andere die

Pferde weg – und wir zwangen unsere Gedanken zum täglichen Unterricht. Brach die Nacht herein, so traten wir still in die Kapelle, die wie der Kern in der Frucht im Innersten des Hauses lag, lichtlos, vom schalen Geruch verglommener Kerzen erfüllt, und eines der Kinder sprach das Gebet, das unser Ohr jedes in seiner Weise hörte. Dann begab ich mich, die Faust in der Hosentasche um den Revolver gelegt, auf meinen Rundgang durch die dunkeln Alleen des Parks und hinüber auf den Hof, wo die Ställe und Arbeitsschuppen standen. Jedes Fenster mußte dicht verhängt sein, kein blitzendes Licht durfte die finstere Nacht durchstoßen. Denn hoch am sternklaren Himmel surrten spähende Flugzeuge, und aus weiter Ferne krachten dumpf die Schläge fallender Bomben, die den Erdöllagern und Bohrtürmen galten.

Ab und zu kamen Nachrichten von der Front, kurze Notizen auf zerknüllten Karten, in spärlicher Rast während dem eilenden Vormarsch geschrieben, mit Mühe nur zu entziffern, mit kindlichem Jubel begrüßt. Die Zeitung schrie einen Sieg nach dem andern in unsere Stille, Namen von Ortschaften, Flüssen und Bergen im Siebenbürgenland, die plötzlich aus ungarisch harter Form in rumänischen Klanglaut wechselten. Bis dann der jähe Einbruch im Süden, an der Donau und in der Dobrudscha bekanntgegeben wurde und das Land den zähen Griff der Klammer in seinen weitgezogenen, schwachen Fronten spürte.

Einen vergessenen Koffer mit Leinenzeug aus Sinaia zu holen, reiste ich eines Tages mit der Bahn nordwärts den Bergen zu, unsicher schon zu Beginn der Fahrt, wie weit ich auf der Strecke, die dem Nachschub von Militär nun fast ausschließlich diente, kommen würde.

Die Soldaten, unter denen ich mit wenigen andern Zivilisten saß, erzählten von ihren Kämpfen, ohne Klage über das, was sie schon durchgemacht, doch mit mürrischen Bedenken für die Zukunft. Sie überblickten nicht die Gefahr der militärischen Lage, sie wußten nicht, in welche Lücke, an welche schwache Naht des eisernen Ringes sie so eilig geworfen wurden, aber sie fragten bang: »Wird uns wohl diesmal Munition nachgeschickt werden, so daß wir nicht mit nacktem Bajonett gegen die Maschinengewehre vorgehen müssen?« Und sie fürchteten, wieder tagelang ohne Speise in ihren Gräben zu verharren. In ihren Säcken trugen sie das geliebte Brot der Heimat mit sich, schonten es ängstlich, wenn sie schmale Streifen davon abschnitten, und rollten sich lieber, aus herumliegendem Zeitungspapier und den Resten meines Tabaks, schlanke Zigaretten, die stinkend qualmten und den knurrenden Magen betrogen.

Ruckweise und langsam keuchte der Zug durch das Tal empor. An den Hügelhängen kochte die Sonne den Wein. Auf den Stationen drängten sich die Soldaten um die Wassereimer, schöpften und tranken durstig aus hohler Hand. Im ratternden, rumpelnden Wagen sank ihnen der Kopf auf die hochgezogenen Knie, müde schliefen sie in der dumpfen Hitze des Mittags.

In einem kleinen Bahnhof drangen, kaum war der Zug kreischend zum Halten gebracht, Soldaten der Wache in die Wagen und hießen uns aussteigen. Wir traten neben die Geleise, standen auf dem rauhen Schotter herum, blickten zum Himmel empor, ob ein Fliegerangriff drohe, und zum Bahnsteig hinüber, wo ein beleibter Offizier aus heiserem Hals Befehle schrie. Die Wache durchsuchte den Zug, von der Lokomotive bis zum letzten Wagen.

»Die Soldaten, einsteigen!«, brüllte der Offizier. Sein gedunsenes Gesicht quoll rot und zuckend aus dem Uniformkragen. Seine Hand zerrte an der Revolvertasche. »Die Zivilisten, hinter den Bahnhof, an die Wand!«, befahl er. Wir wurden, ein halbes Dutzend, abgeführt.

An der grellweißen Wand des Gebäudes stellte man uns auf: einen Bauer, der die schwarze Mütze vom Kopf gerissen hatte, dann zwei junge Männer, die auf einer Station des Erdölgebietes in den Zug gestiegen waren und ihrem Aussehen nach Ingenieure oder Arbeiter sein mochten, einen jüdischen Handelsmann, einen alten Bauer und mich. Der kleine Platz vor dem Haus, von spärlich grünenden Bäumen umgeben, wurde nun von der Bahnwache in lockerer Kette umzäunt. In den Ring trat der Offizier; sein Revolver funkelte stahlschwarz im Licht der Sonne, das steil und sengend auf unsre Gesichter fiel.

»Ihr habt euch,« schrie er, »in einen Militärtransport eingeschlichen, in einen Militärzug eingeschmuggelt. Ihr wußtet, dies ist verboten. Spione – werden erschossen. Kriegsrecht!«

Mir wurde dunkel vor den Augen. Im Gewölk kreisender Licht-
wirbel sah ich den Mann erregt und fuchtelnd hin und her rasen,
hinter ihm die Gewehre in den Armen der feldgrünen Soldaten, die
aus braunen Gesichtern starr auf uns blickten, und brennend scharf
in der Ferne die bewaldeten Höhen der andern Talseite, tiefe
Schluchten, graue Kuppen, Steingeröll in einer Mulde.

Hoch fuhr der Arm mit der blitzenden Waffe. Die Stimme gellte
über den glutheißen Platz: »Krieg! Feinde ringsum, und Feinde im
eigenen Land, am Herzen der Mutter. Bin ich ein Mensch? Ich bin
ein Soldat. Wer ist mein Weib? Die Schlacht! Wer mein Kind? Diese
Waffe hier!« Sie zielte auf uns, ihre kleine schwarze Mündung glitt
von einer Stirne zur andern. Der alte Bauer beugte den Kopf, der
Jude stürzte in die Knie.

Mit der Linken schlug der Offizier auf seine Brust. »Hier trage ich
meinen Befehl; ihm muß ich gehorchen. Er ist geheim, an mich ge-
richtet. Er befiehlt mir zu tun, was ich tue.«

Das Getöse seiner Stimme wirbelte in meinem Ohr. Diesen Ton,
herrisch und ängstlich zugleich, gefährliche Prahlerei und blumige
Phrase verbindend, hatte ich schon gehört; er war mir aus der Um-
gangssprache ruhigerer Stunden, aus dem Disput des Salons, aus
dem Trubel der Straße bekannt. Mit einem innerlichen Ruck ge-
wann ich die Beherrschung über mich selbst zurück. Ich maß den
Mann.

Sein Gebahren schien wahnvoll. Reizte ihn eine Bewegung, ein
Wort von uns, der Versuch zu fliehen oder ihm in den Arm zu fallen, so geschah das Unglück; hinter seinem zuckenden Finger droh-
ten zwölf Gewehrläufe. Einzige Rettung lag in der Möglichkeit jäher
Erschlaffung. Auf sie zählte ich; oft genug hatte ich sie im Wesen
dieses Volkes schon erlebt.

Und langsam sank sein Arm. Seine linke Hand nestelte an der Tasche des Rockes, riß ein zerknülltes Papier hervor und entfaltete es,
während er stammelte: »Ihr glaubt mir nicht, daß ich euch erschie-
ßen darf? Ihr wollt es nicht glauben, ihr Hunde, ihr Zivilisten . . .
Hört, was der Befehl sagt! Eigentlich darf ich ihn nicht lesen, er ist
geheim, ein Geheimbefehl. Nun gut, ihr steht da vor dem Tode; hört
ihn gleichwohl.« Und er las ihn vor, einen einfachen und durchaus
verständlichen Befehl, wie er wohl an alle Bahnwachen erlassen

worden war: über den Transport von Truppen, über die Verpflegung, über die Schutzmaßnahmen bei Fliegerangriffen, über die Spionengefahr. Die sachliche Knappheit des militärischen Stils schien seine Wallung zu brechen; seine Stimme wurde über den robusten Sätzen beinahe weich, überschlug sich und glitt in ein weinerliches Stöhnen, das den Juden sich wieder aufrichten, mich still für mich lächeln ließ.

Mit einer wegwerfenden Handbewegung, während sein Blick aus feuchtem Auge über uns ging, schloß er sanft: »Steigt ein! Beeilt euch, daß wir abfahren können. Ihr habt uns zu lange schon aufgehalten. Aber denkt nicht, so glimpflich kommt ihr jedesmal davon. Es ist eine schwere Zeit«, murmelte er.

Wir stiegen in die Wagen. Aechzend zog die Lokomotive an. Die Soldaten lachten und winkten aus den Fenstern dem Offizier zu: »Fettschwein, wann kommst du zu uns in den Schützengraben?« Er stand, mit gebeugtem Kopf, sinnend auf dem Bahnsteig, ein trauriger Mensch, hilflos in der unbarmherzig herniederstürzenden Lichtflut des Mittags.

Fluchten

In den frühen Stunden des Herbstmorgens, während mit großem Wirrwarr und Lärm die Soldaten aus Ställen und Scheunen zusammengetrieben, notdürftigerweise in Marschkolonnen eingestellt und südwärts auf der breiten Landstraße abgeführt wurden, hatten wir die Kinder in ein Automobil verpackt, ihm an Kisten und Koffern aufgeladen, was es zu tragen vermochte, und die Last durch das Getümmel abfahren sehen. Die Kinder waren guter Laune; da sie im klaren Licht dieses heiteren Herbsttages zum letztenmal das niedere Haus umtollten, sich noch einmal im dunkeln Park, zwischen den verwilderten Bäumen verloren, klang ihr Schreien und Lachen lauter als je vom See über die ungemähten Wiesen herauf, und als sie hergerufen wurden, schleppte jedes aus seinem Zimmer, was ihm das Liebste war, herbei: unnützes Spielzeug, ein frisch angelegtes Herbarium, den Tennisschläger, ein Blumenglas; und erst da man ihnen die Dinge abnahm und wieder auf die Stapel der zurückgelassenen Inhalte von Schränken und Kommoden warf, die unordentlich in jedem Raum sich häuften, wurden ihre Gesichter ängstlich, trotzig und zum Weinen bereit. Nach kurzem Abschied zog ihr Wagen fauchend um die Ecke und verschwand hinter dem dichten Geäst und Gebüsch der Allee. Nun war es plötzlich still auf dem weißen Kiesplatz, im schattig kühlen Haus, und wir Erwachsenen, die noch zurückgeblieben waren, sahen uns verlegen in die lächelnden Gesichter.

Wir schnürten auch unser Gepäck; nach vielem Wägen und Erwägen, Liebkosen und Verwerfen der Habe, die sich bei der amerikanischen und französischen Erzieherin während langen Jahren, bei mir in kleinerem Umfang während den Monaten meiner Anwesenheit im Lande aufgehäuft hatte, mußten wir uns doch am Ende auf das beschränken, was jedes selber ohne allzu große Anstrengung tragen und auf kleinstem Raum unterbringen konnte, denn mit Hilfe war auf der Reise, die wir im Strom der Fliehenden nach der nördlichen Moldau hin vorhatten, gewiß nicht zu rechnen. Ich beschränkte mich darauf, ein Handköfferchen prallvoll mit dem nötigsten Reisebedarf zu stopfen, da ich der leisen Stimme in mir nicht ungern lauschte, die mir weissagte, ich würde die Stunden des endgültigen Abschieds von diesem Land, dessen herbstlich reife Weite ich so sehr liebte, bis zur letzten Nötigung hinauszögern und dann noch froh sein, meine Eile nicht überflüssig behindert zu sehen. Was ich zurückließ, ordnete ich mit trotziger Pedanterie in meinem Zimmer, so, daß es dem später davon Besitz Ergreifenden gerade durch seinen nicht ungefähren, nicht etwa gar fluchtartigen Zustand in die Augen fallen müsse und ihm über die Grausamkeit eines Schicksals, dem der Eindringling ebenso stark wie der Weichende unterstellt sei, Gedanken errege. Meine Kleider, noch gute Ware, hängte ich in den Schränken wieder auf, die Strümpfe, von Mutterhand haltbar gestrickt, schichtete ich, wie sie es mich gelehrt, in einer Beige auf, stellte davor den Turm blendend weißer Taschentücher und schloß die Vorräte ab. Auf dem Tisch vor dem breiten, vergitterten Fenster, von wo ich so oft den Blick in die selige Wildnis der alten, verfilzten Bäume und über die leise dem See zu fallenden Wiesen getan hatte, von denen abends die schleierzarten Fahnen des Nebels heraufgeflattert waren, stellte ich meine deutschen Bücher, liebe Gefährten in der Fremde, mit leiser Trauer auf und doch mit der fast freudigen Neugier, was wohl der deutsche Krieger, der nun bald das fremde Zimmer betreten und dessen Blick sie erstaunt betrachten würde, mit ihnen werde anfangen können und ob sie ihm wohl vertraut und gar ein herrlicher leichter Gewinn sein möchten. Was ich selber eifrig an Liedern und Sitten des fremden Volkes gesammelt und aufgezeichnet, in freiem Spiel nachgebildet und übertragen hatte, nahm ich als wertvolles Vermächtnis mit mir; Wegweiser zum Herzen meines Gastgebers, an das sich der Eindringling herandrängte, wollte ich nicht sein.

Im großen Speisesaal, der sein durch die Bäume gedämpftes Licht von beiden Seiten erhielt, setzten wir uns noch einmal an den Tisch, und da überfiel uns nun die Stille des Raums, der sonst vom Getöse der Kinder und unserer Unterhaltung erfüllt gewesen war, mit solcher Macht, daß wir selber kaum zu sprechen vermochten und nur in geflüsterten Meinungen den Anmarsch der fremden Truppen und den Rückzug der letzten rumänischen Kräfte, die noch zwischen uns und dem Feinde standen, berieten. Unser Landgut, abseits von jeglicher Hauptstraße, hatte bisher nur ordnungslos versprengte Rückzügler beherbergt; der dumpfe Geschützschlag, der während dem ganzen Vormittag in unsere Stille hallte, ließ Kämpfe in der Richtung der Erdölfelder vermuten, die jenseits der Eisenbahnlinie lagen.

Wir beschlossen, da wir nun die Kinder in Sicherheit wußten und weiteres Verweilen hier auch für uns keinen Sinn hatte, nach der nächsten Kleinstadt zu fahren, von wo die Züge unbehindert nach der Moldau hin verkehrten; ich bestellte den Wagen. Als ich von den Stallungen, die ganz verlassen waren und wo ich nur den alten Vasile hatte aufstöbern können, in den Speisesaal zurückkehrte, saßen die beiden Erzieherinnen schweigsam über einem recht üppigen Mahl, das man uns vorgesetzt; aus der Küche aber hörte man das Pruzzeln und Zischen aus großen Pfannen, Geklirr des Geschirrs und Gelächter der Dienstmädchen. Gleich als fühlte man sich jeder Rechenschaft enthoben, als hätte jede Sparsamkeit, durch lange Wochen des Kriegs zur Gewohnheit geworden, ihren Sinn verloren, als zählte überhaupt nur noch die lebende Stunde und nicht mehr der morgige Tag, so bereitete man aus der Fülle, die unsere ländliche Abgeschiedenheit noch immer zu bieten hatte, ein richtiges Fest- und Schlemmermahl, etwas eintönig zwar, da keine Wahl in der Fülle möglich war und zudem die Köchin und ihr Gesinde befahlen, aber doch so über alle Maßen üppig, daß uns der Leichtsinn, der zudem in solchen Augenblicken notgezwungenen Entschlusses oben schwimmt, überging und uns in eine grundlos lächerige Stimmung versetzte, die zuweilen jäh zerriß und mit trübseligen, wiederum belachten Seufzern der zwei verängstigten Frauenzimmer gespickt war. Wein wurde herbefohlen und ohne Zaudern gebracht, dieser leichte, goldklare Landwein, und ich merkte bald, daß er auch in der Küche getrunken wurde und daß auch dort die Qual der Ungewißheit von einer tollen Ausgelassenheit lärmend und notdürftig verdeckt wurde. Die Bedienung wurde nachlässig, hörte bald ganz auf, und unser Geschirr mit den erkaltenden Speiseresten stand wüst und trist auf dem Tisch neben den halbleeren Weingläsern. Unaufhörlich und mit leisen Erschütterungen, die wir in unserm Leib spürten, dröhnten dumpf grollend von fernher die Geschütze der Schlacht. Wir trieben zum Aufbruch.

Vasile hatte uns einen Wagen bespannt; er saß selber auf dem Bock, da keiner der Kutscher mehr aufzutreiben gewesen war. Mit weißem Bart und flatternden weißen Strähnen unter dem breitrandigen runden Hut saß er da und blickte gleichmütig über die Rücken der Pferde dahin; er hörte wohl kaum den Geschützdonner in den Karpathentälern droben, und hörte er ihn, so ließ er sich dadurch nicht anfechten. Kurz war der Abschied von den zurückbleibenden Dienstboten: etwas unsicheren Ganges kamen die Mägde aus der Küche auf den Hofplatz heraus, lachten und heulten zugleich, winkten uns zu, als wir die Allee hinunter fuhren, und kehrten zu ihrem Mahl zurück, gänzlich nun sich selber überlassen.

Im Wegfahren sah ich, daß die Tür des Hauses, hinter dem bergenden Blattwerk, das an den Steinsäulen der Vorhalle emporklomm, offen geblieben war; ich blickte in den Flur, dessen dämmerige Kühle ich ein letztesmal durch die Glut des Mittags hindurch empfand. Ich hatte Lust, zurückzulaufen und die Tür wenigstens ins Schloß zu ziehen; ließ es aber zögernd sein.

Im Dorf sahen uns die Weiber langen Blickes nach; ihr Gruß klang fragend und war voll Angst. Auf den Feldern war kaum ein Mensch zu sehen; Maschinen standen unbedeckt und verlassen, die Gerätschaften schienen hingeworfen oder der mutlosen, unsicheren Hand entfallen zu sein. Uns bedrückte lastend die öde Schwere des Tages, und unter dem wolkenlosen Himmel fuhren wir im Staub der Landstraße stundenlang schweigend über die weite Ebene, an leeren Gutshöfen hinter grauen Parkbäumen und an stillen Dörfern vorbei, durch die Furten der ausgetrockneten Flüsse, durch verwahrloste Felder und lichte Gehölze in die Landstadt, wohin alles geflohen war, was dem Anmarsch der einbrechenden Heere entkommen wollte.

Hier war nun ein Getümmel von Wagen und Fußvolk, Soldaten und Bauern, das straßenauf und -ab brodelte und scheinbar ohne Ziel und Zucht lärmte und trieb. Als ein Eisenbahnzug, übermäßig lang und vollgepackt, keuchend in die Station einfuhr, gelang es mir, im Sturm der Menge meine zwei Begleiterinnen hineinzubefördern; ich selber, einer blinden Eingebung folgend, drängte mich wieder aus dem Menschenhaufen heraus, der in erstickender Hitze jeden Raum in den Gängen und auf den Plattformen besetzt hielt und nach der Weiterfahrt brüllte, und sah dem Zuge nach, der sich mühsam in die flirrende Glut der Felder hinausschleppte. Ohne Vasiles und seines Gefährtes zu denken, schritt ich ins Innere des

Städtchens, vom Schauen und aufregenden Miterleben über jeden Plan und alle Absichten meines Hierbleibens hinweggerissen.

Südwärts sich zurückziehende und flüchtende Truppenkolonnen durchschritten, durcheilten die Straßen, führerlos und in aufgelösten Zügen, viele ohne Waffen und barhaupt, viele mit Verbänden um die bleichen Gesichter und mühselig rascheren Kameraden folgend. Umsonst versuchte irgendeiner mit gellender Stimme sie aufzuhalten; sie achteten seiner nicht, warfen ihm einen Blick voll Müdigkeit und Trotzes zu, hasteten weiter. Andere rotteten sich vor Schenken und Häusern zusammen; Wassereimer, Weinkrüge gingen von Mund zu Mund, Gelächter flatterte auf, Flüche und Verwünschungen schlugen nieder. Auf dem umgitterten Hof der Polizeikaserne hatten sich ganze Scharen gelagert, lagen in der prallen Hitze der Nachmittagssonne, rührten kaum die Glieder, hoben kaum die Hand, um die Mütze tiefer über das braune Gesicht herabzuziehen. Trat ich näher, sah ich ihre graugrünen Uniformen voll rostbrauner Flecken eingetrockneten Blutes und ihre Verbände rotgesprenkelt: es waren Schwerverwundete, von Fliegenschwärmen umquält, durstig, ohne Hilfe. Auf knarrenden Ochsenkarren kamen neue hinzu; wohin? brüllten die Bauern, die neben dem Gespann liefen; Stöhnen wies ihnen den Weg: weiter, nur weiter! Hände reckten sich, mancher versuchte sich zu erheben, mitzufahren, der stechenden Glut zu entfliehen; kraftlos sank er zurück. Ratlos stand die Bevölkerung des Städtchens herum, schloß die Türen ihrer Kramläden, öffnete sie wieder, wenn jemand zu kaufen vorgab, feilschte um den Preis und blieb unbezahlt stehen. Dort wurde ein Wagen mit Hausrat beladen; mit wippenden Palmen in grünen Kübeln zog das Gefährt davon, blieb im Gedränge stecken und wurde rasch erleichtert; die Palmen standen am Wegrand, als ich später dort wieder vorbeikam. Gerüchte gingen von Ohr zu Ohr; ich konnte ermessen, daß die Verwirrung größer als die Gefahr und daß die rasche Flucht noch nicht nötig war. Was mich umbrandete, war die Welle, die schmutzig und laut der großen Flut voraneilte.

Gegen Abend hin schien sich das Getümmel zu dämpfen. Mehrere Züge waren ein- und ausgefahren und hatten, obschon sie überfüllt aus der Landeshauptstadt ankamen, doch noch auf jeder Haltestelle Platz für die ungeduldig Wegdrängenden geschafft; auf den Dächern hockten sie, Rücken an Rücken, im Ruß und Rauch der heftig arbeitenden Maschinen, auf den Trittbrettern kauerten sie dicht wie Bienen im Schwarm und klammerten sich an das Stangenwerk. Auf den Landstraßen zogen, endlos, die Ochsenkarren und ächzten ihre Spur in die geduldige Erde des reichen, armen Landes. Im Städtchen aber hatte ein Zeichen Wunder gewirkt: ein Trupp junger Soldaten, brauner Gebirgler, die raschen, gelenken Schrittes auf ihren weichen Opintschen durch das schreiende Volk tappten, dem hastenden Strom entgegen, wie ein fester Keil in die morsche Feigheit der Menge hinein, unangefochten von Warnung, Verzweiflung und Hohn, dem Kampfe zu, der in den nördlichen Tälern, an den bewaldeten Hängen, in den Engpässen tobte. Hinter ihrem Marsch glotzte Staunen, breitete sich verlegen und beschämt eine unsichere Stille aus.

Da, im stockenden Gewühl, sah ich Vasile. Ruhig lenkte er seine Pferde durch die Straße, auf seinem weißen Bart und in den weißen Strähnen unter dem runden Filz lag die Abendsonne wie ein Schein des Friedens, so daß sich rings, wo er fuhr, die Blicke hoben zu dem bedächtig hantierenden Alten. Er hatte mich gesehen; langsam brachte er den Wagen zu mir heran, als hätte ich es ihm befohlen. Eine Weile zögerte ich. Ihn zur Flucht mit mir zu bewegen, auf diesem Wagen geruhsam in die Moldau zu fahren und uns beide nach Jassy an die russische Grenze durchzuschlagen: das mißfiel mir. Der Alte dachte nicht daran, die Scholle zu verlassen, auf der er sein Leben in Mühsal und Frieden verbracht. Da fragte er: »Wann fährt der Herr zurück?« Ich sprang in den Wagen: »Fahren wir, Vasile.« Er schnalzte mit den alten, dünnen Lippen, und die Pferde zogen an.

So kehrte ich denn, aus Unentschlossenheit dristig, noch einmal für eine Nacht auf das stille Land, in das einsame Haus zurück. Wohl graute mir beinahe, wieder in das Zimmer zu treten, das ich schon einem andern überlassen hatte, aber dennoch fühlte ich, als hätte ich zu früh und übereilt Abschied genommen und noch etwas gut zu machen. Die Bäume, an denen wir im eindunkelnden Abend vorüberfuhren, die Allee, in die wir spät einbogen, alles atmete die Ruhe dessen, was sich nicht wie der Mensch aus eigenem Willen und zweifelhaftem Besserwissen hierhin und dorthin flüchtet, ohne doch aus der Hand, die unter die Welt und unser Schicksal gelegt ist, fallen zu können. Ich grüßte die Bäume, die groß und schweigend im Dunkel standen; ihre Ruhe fiel weich in mein Herz.

Als ich von den Stallungen, wohin ich Vasile hatte fahren geheißen, zum Hause schritt, sah ich Licht in den Fenstern; alle Zimmer, zu ebener Erde gelegen, waren hell, es schallten Stimmen, Lieder und Gelächter auf den dunkeln Hofplatz heraus. Die Tür war verschlossen. Zögernd stand ich eine Weile, dann pochte ich kurz an eines der Fenster. Ich hörte verwirrtes Reden, Geflüster, dann kreischendes Schreien und den Lauf nackter Füße über die Steinplatten des Ganges. Nochmals pochte ich, rief meinen Namen, man solle mir öffnen. »Geh du, Anika«, hörte ich eine hastige Stimme flüstern.

Nach geraumer Zeit wurden die eisernen Querbalken, die die Haustüre von innen verrammelt hielten, aus den Haken gehoben und die Riegel geschoben. Die alte Dienerin, barfuß und mit dem Kopftuch im Nacken, öffnete die Tür eine Spalte weit und sah mich groß, mit starren Augen an. Sie stammelte: »Der Herr, der Herr – seid Ihr da? Kommen die Feinde?« Ich drängte mich an ihr vorbei in den Flur. Sie roch nach Wein, sturte bebend hinter mir her, als ich nach den Zimmern schritt, und blieb im Zugwind der offenen Tür stehen.

Plötzlich war es im Hause still geworden. Unschlüssig, wohin ich mich wenden wollte, unfähig zu begreifen, was vorgegangen war, drückte ich die nächste Klinke nieder, blickte ins Zimmer. Stühle lagen umgeworfen auf dem Boden, Schränke standen offen, ihr Inhalt war wirr zerstreut, Linnen, Geschirr, Eßwaren. Im nächsten Zimmer schlug mir der warme Dunst eines zerwühlten Bettes entgegen; auf dem Tisch, zwischen dem zurückgelassenen Spielzeug der Kinder, floß Wein aus einem umgestürzten Glas. Auf dem Stuhl lagen Kleider, Dienstbotenkleider, ein Uniformrock, schmutzig, zerrissen.

Im Nebenzimmer, das mir gehört hatte, wurde die Tür aufgerissen. Katinka, das wirre Haar im Gesicht, strauchelte über die Schwelle heraus, ergriff meine Hand, sank in die Knie, heulte auf und lachte aus Tränen zu mir empor. »Wir haben uns eingerichtet«, lallte sie. »Gute Betten, eine einzige Nacht im Leben. Morgen kommt der Feind.« Ich schüttelte sie von mir.

Grausen befiel mich jäh. Dieses war die Flut des Schmutzes, die den Grund aufwühlte und nach oben spie, was unten gelegen hatte, jahrelang, geschlechterlang. Sie hatte das alte Haus in den alten Bäumen erreicht, sie spülte den Schlamm durch seine entsetzte Stille, durch seine traurige Einsamkeit.

Ich lag die Nacht im Stall, wo Vasile mir ein Lager aufschüttete. Am frühen Morgen führte er mich wieder in die Stadt. Näher dröhnten die Geschütze in die graue Oede der weiten Felder. Wir sprachen kein Wort miteinander, bis wir uns trennten. Als ich ihm die Hand reichte, beugte er sich zum demütigen Kuß darüber. Ich entzog ihm rasch die Finger, und er drückte mir seine weißen Bartstoppeln auf die Wange.

Zwei Züge, die in kurzem Abstand voneinander aus Bukarest ankamen und schleunig weiterbefördert wurden, ließ ich vorbeifahren, da sie gänzlich überfüllt waren und ich, mit meiner teuer bezahlten Fahrkarte in der Tasche, auf einen Sitzplatz für die lange Reise glaubte Anspruch erheben zu dürfen. In den Gängen schon, auf Koffern und Kisten, staute sich das flüchtende Stadtvolk; auf den Trittstufen hockten sie eng übereinander, wie die Beeren einer Traube, im blendenden Licht der Sonne und waren nicht geneigt, den stürmisch Hineindrängenden Platz zu machen; und oben auf den Wagendächern saß Mann neben Mann im Rauch und Staub.

Der dritte Zug fuhr ein; ein Blick genügte, um alle Hoffnung aufzugeben, in ihm einen Platz zu finden. Ich zauderte nicht, ergriff meinen kleinen Handkoffer, turnte auf der eisernen Leiter empor und bestieg das Dach des Wagens. Auf der gewölbten Decke tasteten sich meine Füße erst vorsichtig vorwärts, gingen dann beherzter auf dem berußten Blech, das allenthalben dumpf knarrte, und schlängelten sich zwischen den Rücken, aufgestemmten Händen und schlafenden Gesichtern der Oberklaßpassagiere hindurch. Man gab mir bereitwillig Raum, rückte zur Seite und war mir behilflich. Ich stemmte meine Absätze in die Traufe, die dem Dach entlang lief, und setzte mich in eine Reihe mit den andern. Es waren Bauern aus der südlichen Walachei, junges Volk, kleine Beamte. Schulter an Schulter saßen wir eingeklemmt, einer dem andern Halt bietend. Zwischen den Knien hielten wir unsere Bündel fest; die Arme hinter dem Kopf verschränkt, konnte man sich mit einer gewissen Behaglichkeit sogar nach der Mitte des Wagendaches zu ausstrecken, in den wolkenlosen Himmel hinaufblinzeln, schlafen.

Keuchend hastete der lange und schwere Zug. Wenn der Rauch von der Lokomotive her über die dichtbesetzten Dächer strich und uns die Augen beizte, die Nase und den Mund mit Ruß und Kohlenstaub stopfte, daß die Zähne knirschten und die Zunge im brandigen Geschmack dick wurde, dann fluchten wir wohl und zogen die Hüte und Mützen übers Gesicht. Sonst aber war die Fahrt recht angenehm; die frische Luft strich sausend um unsere Ohren und milderte die pralle Hitze, die uns bräunte, und die Aussicht war frei und herrlich weit.

Kam das eiserne Bogengerüst einer Brücke, einer Bahnhofhalle oder der dunkle Schlund eines Tunnels in Sicht, so erhob sich auf den ersten Wagen warnendes Geschrei, das von Mund zu Mund weiterlief. Wie ein Aehrenfeld, vom Windstoß erdrückt, niederwogt von einem Rand zum andern, so beugten sich unsere Leiber in gemeinsamem Schwung zur Seite; wir duckten die Köpfe hinter die gekrümmten Rücken der Nachbarn, hörten den schmetternden Widerhall vom Steingewölbe und das Geklirr der erschütterten Eisenmaste, während das Wasser unter der Brücke hinwegsprudelte, und hoben, war die Gefahr vorbei, aufblinzelnd unsere Gesichter wieder dem hellen Himmel zu. Erst als der Abend kam und die Weitsicht schloß, wagten wir es nicht mehr, zwischen den Hallen uns aufzurichten; die Drähte, die da und dort die Linie überquerten, hingen oft lose herab und konnten leicht tödliche Verwirrung in unsere Reihen bringen.

An den Stationen kauften wir, aus den Händen reger Bäuerinnen, die süßen Trauben der Moldau, herbe Birnen und späte Pflaumen. Der Durst trocknete unsere Kehlen, die Sonne verkrustete unser Gesicht mit staubigem Schweiß. Schmatzend schlürften wir den Saft aus dem lockeren Fleisch der Pfirsiche, zerquetschten wir mit der Zunge die Beere am brennenden Gaumen. Aber kaum wieder draußen auf der flirrenden Ebene, zerkratzte uns der ätzende Luftzug die Kehle.

Mein Nachbar, ein Bauer, griff nach einer Traube, die ich ihm angeboten hatte, und murmelte: »Wenn wir sie dem armen Teufel dort zwischen die Zähne steckten, vielleicht hört er auf, so jämmerlich zu wimmern?« Ich drehte mich um. Hinter uns, auf der andern Seite der Dachwölbung, lag ein Soldat, die Beine krampfhaft hochgezogen; sein Kopf war über und über mit Binden umwickelt, die im Bauch ganz grau und schmutzig geworden und mit braunem Blutgerinsel befleckt waren. Ein Kamerad hatte seinen Arm unter des Kranken Nacken geschoben und sprach beruhigend auf ihn ein, wenn er gurgelnd aufstöhnte und sich kraftlos aufzurichten versuchte: »Ja ja, noch ein Stündchen, noch ein Weilchen; heut abend sind wir daheim.« Wir krochen, der Bauer und ich, hinüber und versuchten, dem Soldaten eine Beere zwischen die zusammengebissenen Zähne zu schieben. Seine verzerrten Lippen waren ausgetrocknet und voll Risse wie eine alte Baumrinde. Wir preßten ihm den Saft aus der Frucht auf die Zähne; erst warf er den Kopf zur Seite, dann öffnete er langsam den Mund und bewegte die trockene Zunge. Seine Augen waren verbunden, nur der zuckende Mund und die Nase stießen aus den zerfaserten Leinwandfetzen hervor. »Was fehlt dem Mann?«, fragte ich. Der Kamerad hob die Hand zur Stirne, strich sich quer übers Ohr: »Sie sagten im Lazarett, der Schädel sei entzwei. Nichts zu machen, heim mit ihm, aufs Dorf zur Baba; die wird einen Spruch über ihn sprechen und ihn heilen, wenn Gott will.« Unruhig zuckte der Verwundete zusammen und wimmerte lauter. Seine Zunge lallte. Wir träufelten ihm neuen Fruchtsaft in den Mund. »Noch ein Stündchen, noch ein Weilchen«, tröstete der Kamerad, »heut abend sind wir daheim.« Dann zu mir, mit zornigem Blick: »Seit zwei Tagen reisen wir so. Kein Platz im Wagen frei, kein Platz für einen verwundeten Soldaten.« Ich kroch zu meiner Traufe zurück. Später, auf einer kleinen Station mitten im Feld, halfen wir dem Kranken vom Dach hinunter. Als wir weiterfuhren, lag er im Schatten des armseligen Gebäudes. Sein Kamerad spähte über die weiße Straße ins Land hinaus; es war, als rufe er um Hilfe in die Einsamkeit.

Unsere Reihen wurden lichter. Der und jener stieg ab. Die zurückbleibenden krochen enger zusammen, um sich zu stützen. Es wurde Abend. Einer hatte aus seinem Bündel eine Geige gezogen; er spielte, über die Knie gebeugt, im ratternden Takt der Eisenbahn stampfende Tanzweisen. Wir andern summten leise mit, von Müdigkeit und jäher Trauer befallen. Es wurde Nacht; die Sterne zogen herauf, die schwarze Luft um uns, von keinem Lichtschein durchkreuzt, kühlte unsere sonnversengten Gesichter, biß uns kalt in die Glieder. Wir wickelten uns in die Kleider, in die Schafpelze, schlossen uns Leib an Leib eng zusammen. Doch keiner durfte schlafen, kein Fuß die Wasserrinne am Wagendach verlassen. »Erzähl uns, Alter«, sagte eine Stimme in die Nacht hinaus. Der Bauer begann, mit leise singender Stimme: »Es war einmal, wie niemals wieder -«. »Lauter!«, schrie es von drüben, »wir sind auch noch da!« Und lauter sprach der Bauer in das Rollen der Räder, in den Lärm des nächtlichen Zuges: »Es war einmal, wie niemals wieder, – denn wärs nicht gewesen, so könnte mans nicht erzählen –: als die Pappel Birnen trug und die Weide Veilchen, als die Wölfe und Lämmer sich um den Hals fielen und sich den Bruderkuß gaben, da sprang der Floh – mit neunundneunzig Oka Eisen hatte man seinen Huf beschlagen – in den hohen Himmel hinauf, um diese Geschichte herunterzuholen . . .« Am Ende schliefen wir doch, einen unruhigen Schlaf, den der schrille Pfiff der Lokomotive und der jähe Ruck an jeder Haltestelle immer wieder aufrüttelte, und als der Morgen über den Hügeln der Moldau heraufdämmerte, schlugen unsere Zähne im Schlaf vor Kälte klappernd zusammen.

Bei einem Halt grüßten uns, lachend aus breiten Gesichtern, kräftige Soldaten aus einem offenen Pferdewagen herauf. Sie trugen braune Hosen, die Röcke hatten sie abgeworfen, die Beine staken in hohen Schäften. »Russki?«, riefen wir fragend. Sie nickten und schrien Worte, die wir nicht verstanden. Aus den Wagen ihres endlos langen Zuges starrten graue Geschützrohre in die morgenfahle Luft. Hell klang das Wiehern ihrer Pferde. »Zu spät kommen sie, zu spät«, murmelte der alte Bauer. »Vor uns der Feind und hinter uns der Russe. Trau keinem, dann lebst du einen Tag länger! Nun stampfen viele fremde Stiefel auf unserm armen Mütterchen herum.«

Gegen Mittag rollten wir durch freundliche Täler zwischen lichten Gehölzen der Flußebene des Pruth zu. Eine Stadt, mit alten Kirchen und grauem Häusergewirr auf den sanften Hängen, lag im kühleren Licht: Jassy, das Ziel unserer Flucht, an der russischen Grenze.

Das Leben mochte sonst wohl etwas schläfrig durch diese Straßen gehen. Alte Häuser, von denen der blaugraue Verputz langsam abbröckelte, umschlossen große Säle mit erblindenden Spiegeln und wackelnden Möbeln, auf denen einst der Glanz pompöser moldauischer Fürstenherrlichkeit gelegen hatte. Jetzt erfüllte die nervöse Tatenlosigkeit der Flüchtlinge Straßen und Plätze. Jeder Hauswinkel war besetzt und zur notdürftigen Wohnung umgestaltet. In den Höfen hausten Familien unter freiem Himmel; noch lag ihre Habe unabgeladen auf den Karren; die Ochsen waren irgendwo an die Hauswand gebunden. Jeder Tag spülte neue Scharen in die enge Stadt, die sie nicht zu fassen vermochte. Man traf die alten Bekannten, die man sonst jeden Vormittag auf der Promenade von Bukarest gegrüßt hatte. Die Ministerien zogen Schub um Schub ein; ihre Aktenbündel fraßen Räume auf, wo besser Betten gestanden hätten. Die Zeitungen erhöhten ihre Auflagen, bis ihnen das schäbige Papier ganz ausging. Die Kriegsberichte, in ungelenken Buchstaben von Hand auf Packpapier geschrieben, wurden auf den Plätzen angeschlagen; stumm stand das tagelang bummelnde Volk vor ihnen und las, wie die feindlichen Armeen vorrückten. Die Vorräte der Kaufleute gingen zur Neige; wer das Brot nicht aus eigenen Mehllagern buk, stand lange Stunden vor den halbleeren Verkaufsläden.

Die Springflut der Flüchtlinge, die über die Stadt ging, brach sich an der unablässig daherrollenden Woge der russischen Truppen, die von der andern Seite her über die Brücken des Pruth einmarschierten.

O dieser lässig gedehnte, helldunkle Klang des russischen Marschliedes, der Tag und Nacht die herbstliche Luft erfüllte: nie werde ich ihn vergessen und nie in ihm das Bild der bleichen Stadt. In breiter Front, acht Mann nebeneinander, zogen sie durch die Straßen daher. Ihr Gang war langsam, war der Gang von Menschen, die weit gewandert sind und nicht wissen, wohin sie weiterziehen. Er trug die Grenzenlosigkeit der Steppen, die träge Wucht trübe wälzender Ströme mit sich. Nicht grün wie die Hügeltäler der Karpathen, nicht blau wie die übersonnten Weiden waren die Uniformen dieser endlos daherquirlenden Massen, sondern braun wie die dunkle Scholle ihrer Heimat, wie die aufgerissenen Ufer ihrer Flüsse. In ihren Gesichtern las man die Zeichen fernster Völkerschaften:

das geschlitzte Auge, den vordrängenden Backenknochen, den dünnen Schnurrbart rund um verschwiegene Mundwinkel. Aber ihr Lied, ihr immer wieder aufflackerndes, einschlafendes Lied! Wie ein Vogel mit dunkeln Schwingen flatterte es über den gesenkten Köpfen der braunen Heersäulen, von einem Ende der Stadt zum andern, stieß an den fremden Mauern empor, fiel nieder in den Straßenschmutz, sang weiter auf summenden Lippen. Am frühen Morgen weckte es mich aus dem Schlaf, um die Mittagsstunde hallte es von ferne aus den untern Straßen empor, abends durchbrach es mit seiner klagenden Eintönigkeit das rauschende Geschwätz der neuigkeitsgierigen Spaziergänger, und in der tiefsten Nacht, wenn ich das Fenster der frischen Luft öffnete, verwehte es irgendwo in die dunkel lastende Stille über der Stadt. Ich sah Truppen ohne Gewehre, in kotigen, zerlumpten Mänteln, die Füße in Lederfetzen geschnürt, an derben Stöcken müde marschieren: das Lied besaßen sie alle, und alle, schien mir, das gleiche. Es war der schicksalverbundene Bruder ihres langsam stumpfen Schritts, der sie ins fremde Land, aufs fremde Schlachtfeld tröstend begleitete, letzter Gruß und Segen der harten Heimat.

Kam der frühe Herbstabend über die neblige Landschaft und die feuchte Stadt, so stockte der braune Menschenstrom, zerrann in die Winkel der Stadt. Auf offenen Höfen und Plätzen, in leeren Lagerräumen und unnützen Verkaufsläden an den Hauptstraßen krochen sie truppweise zusammen. Dort lagen sie, in den regenschweren Mänteln, die mit ihrem Leib verwachsen schienen, die Schirmmütze über das struppige Haar zurückgeschoben, die plumpen Stiefel nahe am rasch entfachten Feuer. Aßen sie, schliefen sie? Es mochte so sein; nie sah ich es. Aber am langen Hals zogen sie die Balalaika aus ihren Säcken, betteten sie im Armwinkel und auf den Schenkeln der gekreuzten Beine und spielten ihr surrendes, flirrendes Lied. Und einer erhob sich, groß vor dem flackernden Licht, raffte den Mantel über die Knie empor, steckte seine Zipfel im Gürtel fest, und tanzte. Mit weitgebreiteten Armen stampfte er schwankend hin und her, sprang und sank auf die wippenden Fersen, gelenkig und frei, wie er niemals schritt, und bis zur rasenden Tollheit. Die Kauernden richteten sich auf, klatschten in die Hände und sangen mit. Ihre Gesichter, eben noch unbestimmbar gleichartig im müden Zwang des Dienstes, bekamen Form und Eigenprägung, lauschten hingerissen, schauten verzückt, waren verloren an eine große Macht, die sie, grell bestrahlt vom zuckenden Feuer, schön werden ließ. Die Heimat war plötzlich um ihre armen, strapazengepeitschten Körper, die heilige ferne Erde, der ihr Herz in Trauer anhing, unter ihren wegmüden Füßen. Neues Leben floß in sie, berauschend und stärkend. Fern war der Krieg, fern der graue Morgen, der sie aufs Schlachtfeld hinausstieß.

So gingen Nacht und Ruhe dahin. Auch für mich, der ich stundenlang im rieselnden Regen stand, gleich ihnen dem Zauber des dumpfen Spiels hingegeben, die wilde Schwermut ihrer Lieder und Tänze im glücklich pochenden Herzen.

Früh, allzu früh fiel in diesem Winter der erste Schnee auf die frierende Stadt. Tausend Füße, die sich an keinem Ofen erwärmen konnten, zerstampften ihn in den Straßen zu braunem Schmutz; doch keine Schaufel räumte ihn weg. Und er kam wieder. Er deckte die Höfe zu, in denen sich die obdachlosen Familien verkrochen hatten; er verwehte die Schienenwege der Eisenbahn, die spärliche Zufuhr an Nahrung vom Lande brachte; er deckte, dafür segnete man ihn, den verpesteten Staub, in dem die Krankheiten, die Seuchen gelegen hatten. Er drückte schiefe Gartenzäune ganz zu Boden; am Morgen schwelten ihre Trümmer im Ofen. Dort knackten auch die zerhackten Möbel, die man lieber entbehrte, als frostschlotternd benützte. Man saß in Pelzwerk und hohen Filzstiefeln am Tisch und zählte die Brotstücke ab, die es täglich für jeden Magen ergab.

Eines Vormittags, kaum waren wir aus den hüllenden Decken heraus, schellte es an der Tür. Ich öffnete; ließ man fremdes Volk erst herein und herumschnüffeln, so brachte man sie schwer wieder auf die Straße. Ein riesenhafter Mann, in Stiefeln und hochgeschlossenem Mantel, stand breit und derb auf der Schwelle; hinter ihm zwei schmächtigere, ihm wohl untergeben. Er trat ein, schob mich mit freundlich bestimmtem Druck zur Seite, pflanzte sich groß und unwiderstehlich im Zimmer auf; die Gehilfen blieben im Gang. »Hier lebt ihr?«, scholl sein Baß. »Ja ja, muß jeder sehen, wie er durchkommt.«

Ich ersuchte ihn höflich um Aufklärung über den Zweck seines Eindringens.

»Karapantscha«, sagte er und verbeugte sich leicht gegen mich. Sein buschiger Schnurrbart fiel ergeben über den verwegenen Mund. »Sie kennen mich nicht, wie? Nein, wie sollten Sie auch? Wo sind die Kinderchen, wo?«

Ich rief einen der Knaben herein, erwartete, daß sich Onkel und Neffe begrüßen würden. Der Fremde stand stramm wie ein Soldat.

»So groß ist er geworden? So groß? Auf meinem Arm habe ich ihn getragen, als er in den Windeln lag. Karapantscha durfte das Wickelkind hüten. Der Großvater, der hohe Herr, wußte: nirgends ist sein Glück, sein Stolz, seine Zukunft besser aufgehoben als bei Karapantscha, dem Anführer seiner Leibgarde. Ja, das war ich, mein Herr«, wandte er sich verbindlich zu mir. »Ihm ergeben mit Herz und Faust. Seine Familie – meine Herrschaft. Sein Name – meine Ehre. Später war ich bei der Polizei und anderswo tätig. Einen Band Gedichte von Karapantscha finden Sie in jeder besseren Buchhandlung. Sind Sie im Bild?«

»Vollkommen«, beeilte ich mich ihn zu versichern. Zögernd fügte ich bei: »Was verschafft uns die Ehre Ihres Besuchs?«

Er schritt zum Ofen, in dem das Feuer bescheiden knatterte. »Habt ihr Holz?«, fragte er. »Brot, Fleisch? Leder für die Schuhsohlen? Haben die Kinder warme Kleider? Habt ihr Raum genug? Keine russische Einquartierung bekommen? War da kürzlich ein fremder Offizier, ein General, bei einer Dame untergebracht. Handkuß und Säbelrasseln; machte sichs bequem. Nachts, die Dame schläft, weckt sie ein Klirren im Nebenraum. Mein Gott, denkt die Gute, was will er nun? Am Morgen ist er weg, ohne Dank, ohne Abschied. Ihr Haarwasser, ihre Parfüms, alles ausgesoffen. Es ist ein Kreuz mit diesen Russen. Schuhwichse, durchs Brot filtriert, schmeckt ihnen. Unsere Bauern mußten die Schnapsfässer auf der Straße umkippen; Befehl der Regierung, damit der Russe nichts finde. Was tut er? Auf der Straße liegt er und leckt die Steine ab. Ich, Karapantscha, sag Ihnen dies. Haben Sie Parfüms, Schnaps, Haarwasser?«

Ich verneinte.

»Man kann es entbehren«, sagte er düster. »Man muß ohne auskommen. Das Wichtigste ist es nicht. Aber Brot, Fleisch. Brauchen
Sie etwas, lassen Sie michs wissen. Karapantscha schafft es Ihnen.
Dazu bin ich da. Die Kinderchen sollen keine Not leiden. Ich sorge
für sie.«

Gerührt drückte ich ihm die Hand. Er riß mich an seine Brust.
»Der Vater hat mich wissen lassen, er zähle auf mich. Für die Kinderchen, schrieb er. Eigenhändig, Herr, an Karapantscha! Ein präch-
tiger Mann. Vergißt nicht die Dienste, die Karapantscha der Familie
je und je geleistet. Nun bin ich da, nun hat die Not ein Ende. Von
morgen ab« – er stürzte in den Korridor hinaus und brüllte die Gehilfen an – »von morgen ab schafft ihr das Brot ins Haus, und wenn
ihrs bei der Militärverpflegung stehlen müßt! Ihr tragt der Köchin
das Wasser in die Küche. Ihr treibt Geflügel auf, Eier, Butter, Kartof-
feln. Ich werde jeden Tag nachsehen kommen. Weh euch, wenn
etwas fehlt!«

Die beiden Männer grinsten. Er schob sie zur Tür hinaus. Dan-
kend nahm er eine Prise Tabak aus meiner Dose, rollte sich eine
Zigarette, zerquetschte mir die Hand und verließ dröhnend das
Haus. An die Fenster gepreßt, sahen die Kinder seine derbe Gestalt
im Schneegestöber verschwinden.

Er wurde unser täglicher Besuch. Er wurde unser Rat für alles.
Mehr als das: unsere Rettung. Seine Gedichte aber, die ich mir er-
stand, waren schlecht und paßten mit ihrem weinerlichen Getue
wenig in die schwere Zeit, die uns allen verhängt war. Trotzdem
ließen wir sie auf dem Tisch im Zimmer liegen, und er blätterte
gerne darin, während er seine Befehle donnerte.

War mir so die Sorge um unser leibliches Wohl von seinen starken Händen abgenommen, so blieb mir doch immer noch der Kon-
trollgang zum Polizeikommissariat erst täglich, später einmal in der
Woche zu tun, wo ich mich als Ausländer über meine Anwesenheit
auszuweisen hatte. In der öden Gleichförmigkeit der Tage, in die
nur wie ferne Erschütterung, unsern abgestumpften Sinnen kaum
mehr faßbar, die Unglücksbotschaften vom Kriegsschauplatz her-
eingrollten, ward dieser Gang zur fast angenehmen Gewohnheit,
zur lieben und bescheidenen Sensation, die ich gewissenhaft suchte,

wenngleich mein Ausbleiben kaum bemerkt worden wäre, wie ich aus der Erledigung meines Falls schließen durfte.

Zwei mäßig große Tische, mit Zeitungspapier belegt, voll violetter Tintenflecken, standen im Vorraum; hingeschmissene Aktenbündel trieben sich stapelweise herum, in den Tintenfässern stauten sich ausgedrückte Zigarettenstummel, der Staub lag dicht wie Schimmel überall. Ein Beamter kauerte an seinem Pult; der Rauch stieg zitternd aus seinem verzerrten Mundwinkel. Ab und zu netzte er den Zeigefinger an der Lippe, blätterte in zerknitterten, schmutzigen Papieren, stöhnte leise vor sich hin. Die Tür zum Zimmer des Kommissärs war mit einem Vorhängeschloß notdürftig zugehalten. An den Wänden klebten unzählige Bekanntmachungen, Listen mit Höchstpreisen für Nahrungsmittel, die längst nur noch im Schleichhandel aufzutreiben waren, und höher oben die vergilbten Oeldrucke, die das alte und das junge Königspaar in glatter Würde wiedergaben.

Der kleine Raum war ansehnlich besetzt: französische Gouvernanten, deutsche Kindermädchen, russische Köchinnen, vierschrötige Weiber und hochstelzende Damen aus allen Schichten der Bevölkerung; in kleinerer Zahl die Männer. Knopfloch und Busen zierten, wenn es sich um Angehörige verbündeter oder neutraler Völker handelte, die bunten Zeichen ihrer Landesfarben. Jeder neue Gast schob sich zur Türe des Kommissariatszimmers, las dort die Zeit der Sprechstunde, die längst angebrochen war, starrte eine Weile auf das Vorhängeschloß, wandte sich dann ab, vom Lächeln der harrenden Menge freundlich empfangen, und suchte sich selber lächelnd einen Platz auf wackligem Stuhl, schmutzigem Fenstergesims oder an der Wand.

Knarrte die Tür in den Angeln, wandten sich dem Neuankommenden alle Blicke zu, musterten Gewand und Gang, Auftreten und Antlitz. Eine Dame, mit schwebenden Augen die Neugier ansaugend, die ihr entgegenflog, schob lässig hinter sich die Tür ins Schloß, aus dem sie wieder losschnappte. Knurrendes Geheul des Beamten: »Warum heiz ich den ganzen Tag, wenn ihr die Kälte eindringen laßt? Wir sollen wohl erfrieren, he?« Schon war, mit behendem Sprung, der Jude an der Tür, stemmte sich dagegen, zwang sie ins Schloß. Die Dame rauschte weiter, ohne den Beamten zu sehen, ohne dem Juden zu danken. Ein Herr stand vom Stuhl auf, sie setzte sich lächelnd, er zog seine Dose aus der Westentasche, steckte sich eine Zigarette zwischen die Lippen. Schon war, unhörbaren Schrittes, der Jude bei ihm, riß Streichhölzer hervor und bot ihm das Feuer. Der Herr nickte leicht mit dem Kopf. Sachlich der Jude: »Krieg ich auch eine?« Der Herr, als ob er rumänisch nicht verstände, lächelte ihm zu, regte sich nicht. Der Jude schlich in seinen Winkel zurück.

Ich fragte laut, dem Beamten ins Ohr: »Ist der Kommissär noch nicht da?« Er hob mit rascher Gebärde den Kopf ein wenig; das hieß: nein. Auf spitzen Fingern hielt er eine Stempelmarke vor sich hin, spuckte mit eleganter Sicherheit darauf, hämmerte die Marke mit der Faust auf den Foliobogen und wischte die Finger an der Hose ab. Ich verließ den Raum.

Die Stadt ertrank im feuchten Schnee. Graues Gewölk schob sich langsam über die kahlen Kuppen herein, vom Pruth her, aus Rußlands unendlichen Ebenen. Hustend und bleich stapften die Menschen durch die düsteren Straßen. Junge rumänische Soldaten, kaum ausgebildet, schlurrten auf ihren Opintschen truppweise vorbei. Ein Pope mit wallendem Bart hob vom Fußsteig aus die Arme segnend über die Schar. Sein Mund, in Verzückung, stammelte: »Söhne von Wölfen!« Gläsernen Auges blickte er ihnen nach. Sie hielten die Köpfe gesenkt, achteten seiner nicht.

Im kalten Schulsaal saß ich stundenlang mit hundert andern auf den Bänken an der Wand, den Oberkörper entblößt, und wartete auf den Arzt, der dann, waren wir endlich an der Reihe, uns rasch die Einspritzung gegen Cholera und Typhus unter die Haut trieb. Ein Strich mit dem Wattenknäuel über das Brustbein, ein Stich mit der Nadel, die Watte darüber, der nächste. Vier Wochen schon brannte der Schmerz an Hals und Leib, die Glieder waren matt, der Kopf heiß. Verwirrt taumelte ich in die feuchte Schneeluft hinaus. Was brüllte man dort unten auf dem Platz? Ach, Nachrichten aus Bukarest, aus dem vom Feinde besetzten Bukarest mit seinen warmen Häusern, seinen üppigen Vorräten und seinem winterlichen Leichtsinn. Wer es glauben mochte! Wir aber, das stand fest, schlugen uns um einen Platz im Dreck dieser überfüllten, armen, frierenden Stadt.

In der Abenddämmerung ging ich noch einmal ins Kommissariat. Der Vorraum war leer, die Tür zum Zimmer des Gewaltigen weit offen. Zirpende Gitarrenklänge schollen daraus. Ich trat ein. Der Kommissär musizierte. Bei ihm, friedlich lauschend, stand der Beamte in seiner abgeschabten, verbeulten Uniform.

Der Kommissär lächelte mir zu, lud mich, mit rascher Armbewegung zwischen zwei Akkorden, zum Sitzen ein. »Ich komme – eben recht zum Konzert«, sprach ich in verbindlichem Rumänisch. Er zog das Französische vor: »Vous aimez la musique?« Ich versicherte ihn meiner Begeisterung. Er, wilder zupfend: »Vous chantez quel instrument?« Zögernd bedauerte ich. Nach einer Weile wagte ich den Zweck meines Besuches vorzubringen: Fremdenkontrolle. Er ließ sich nicht stören: »Bien, bien.« Ich blieb müde sitzen.

Von einem Polizeisoldaten ehrfürchtig hereinbegleitet, erschien ein russischer Offizier. Die Gitarre sank in das Dunkel unter den Tisch. Der Russe bot herrliche Zigaretten an; schon lange hatte sich unser Gaumen dieses zarten Geschmackes entwöhnt. Der Offizier beklagte sich über seinen Quartiergeber; der Jude verlange zuviel. Ein Spezialbeamter wurde mit dem Russen hingeschickt: so und soviel, sonst verhaften. Der Kommissär schüttelte seine Faust vor meiner Nase: »Il faut les tenir comme ça!«; dann, mit raschem Griff unter den Tisch, holte er die Gitarre herauf und klimperte summend weiter. Sein Gesicht war hell zur grellen Lampe erhoben, die blendend über ihm schwebte; seine Augen schlossen sich träumend.

Ich rückte auf meinem Stuhl hin und her. Die Einspritzung an der Brust juckte schmerzhaft. Ein trostloses Lachen kitzelte mich; die ganze Not der Stunde fiel dunkel über mich.

Ich stand auf. »Vous partez déjà?« fragte er enttäuscht. »Sie sind doch wohl sehr beschäftigt«, wandte ich ein. »Es muß nicht einfach sein, jetzt Ordnung zu halten. Wenn man sieht, was alles in dieser Stadt zusammengeströmt ist . . . Sie haben wohl viel zu tun?« Er hob langsam die Hand von der Gitarre empor, die surrend verklang, griff sich an die Stirn, bedeckte die Augen und flüsterte mit gebrochener Stimme: »Monsieur, toute la nuit, toute la jour . . .« Und seufzte tief.

Ich zog mich zurück. Während ich die Tür hinter mir schloß, rauschte sein Geklimper von neuem auf und verhallte im klatschenden Plätschern einer Pfütze, in die ich stolpernd geraten war. Als ich heimkam, meine feuchten Kleider trocknen wollte, war der Ofen erloschen. Man ging früh zu Bett.

Es nützte nichts mehr, Kriegslieder singen zu lassen. Wenn ein paar hellblaue französische Uniformen im Schneegestöber auftauchten, grüßte man sie wohlgefällig; was aber brachten sie? Der Weg über Rußland war weit; sogar die Lazarettausrüstung war dort irgendwo stecken geblieben. Die Russen, ja, die Russen waren gekommen, eine ganze Armee; wer wußte, wann sie auf eigene Faust mit dem Feind zu verhandeln begann? Wann das Land, in zwei Teile zerrissen, verschachert wurde? Entsetzt fuhr man zurück, zischte einem das Gerücht zum erstenmal entgegen. Dann gab man es achselzuckend weiter. Die Not war groß, das Mißtrauen größer. Im kalten Winterschnee erstickte sogar die Flamme des Kriegs beinahe; aber das Fieber flackerte grauenhaft allenthalben auf.

Rasch, von einem Tag zum nächsten, war der Entschluß gefaßt. Der Fürst, von der Front hergeeilt, hieß uns zur Reise rüsten. Schuhe, Kleider, Decken wurden in Säcke gestopft, in der Dunkelheit zu einem abseits liegenden Bahnwagen geführt, in einem freigehaltenen Abteil verstaut. Karapantscha mit seinen Gehilfen stand Wache. Der Wagen wurde einem Zug angekoppelt, der russisches Eisenbahnmaterial abführen sollte. Bis über die nahe Grenze war die Fahrt gesichert; nachher mußten wir uns allein weiterhelfen.

Noch einmal, nachdem die Türen schon geschlossen worden waren, stürzte der Fürst herein, riß die Kinder an sich, strich ihnen über das Haar, über die Wangen, als wollte er ihr Bild auch in den Händen bewahren. Dann blieb er in der Nacht zurück.

Auf der Grenzstation, im ärmlichen Licht des Bahnsteigs, sah ich Karapantscha würdigen Ganges auf die russischen Zöllner zuschreiten; sie folgten ihm zu unserem Wagen, er hob die Hand gegen unser Fenster empor, redete heftig auf sie ein, und sie nickten. Dann führte er sie zurück. Keuchend, daß ihr Atem wie Wolken um sie stand, schleppten die beiden Gehilfen ein Fäßchen herbei. Die Russen stellten sich dicht darum auf, ihre langen Mäntel umschlossen es ganz, sie beugten sich nieder, schlugen mit dem Knöchel daran, richteten sich auf und ließen das Fäßchen in ihren Wachraum rollen. Wie zur Parade standen sie unserm Abteil gegenüber und rührten sich nicht, bis der Zug wieder zu rollen begann. Vor ihnen, mit großer Gebärde, warf Karapantscha eine Kußhand zu uns empor und wischte sich dann mit dem Handrücken über die Augen.

Unter uns donnerte die eiserne Brücke. Ueber uns stand die Winternacht. Vor uns lag, schneefahl und stumm, die Weite des russischen Landes.

Über tredition

Eigenes Buch veröffentlichen

tredition wurde 2006 in Hamburg gegründet und hat seither mehrere tausend Buchtitel veröffentlicht. Autoren veröffentlichen in wenigen leichten Schritten gedruckte Bücher, e-Books und audio-Books. tredition hat das Ziel, die beste und fairste Veröffentlichungsmöglichkeit für Autoren zu bieten.

tredition wurde mit der Erkenntnis gegründet, dass nur etwa jedes 200. bei Verlagen eingereichte Manuskript veröffentlicht wird. Dabei hat jedes Buch seinen Markt, also seine Leser. tredition sorgt dafür, dass für jedes Buch die Leserschaft auch erreicht wird.

Im einzigartigen Literatur-Netzwerk von tredition bieten zahlreiche Literatur-Partner (das sind Lektoren, Übersetzer, Hörbuchsprecher und Illustratoren) ihre Dienstleistung an, um Manuskripte zu verbessern oder die Vielfalt zu erhöhen. Autoren vereinbaren direkt mit den Literatur-Partnern die Konditionen ihrer Zusammenarbeit und partizipieren gemeinsam am Erfolg des Buches.

Das gesamte Verlagsprogramm von tredition ist bei allen stationären Buchhandlungen und Online-Buchhändlern wie z. B. Amazon erhältlich. e-Books stehen bei den führenden Online-Portalen (z. B. iBookstore von Apple oder Kindle von Amazon) zum Verkauf.

Einfach leicht ein Buch veröffentlichen: **www.tredition.de**

Eigene Buchreihe oder eigenen Verlag gründen

Seit 2009 bietet tredition sein Verlagskonzept auch als sogenanntes "White-Label" an. Das bedeutet, dass andere Unternehmen, Institutionen und Personen risikofrei und unkompliziert selbst zum Herausgeber von Büchern und Buchreihen unter eigener Marke werden können. tredition übernimmt dabei das komplette Herstellungs- und Distributionsrisiko.

Zahlreiche Zeitschriften-, Zeitungs- und Buchverlage, Universitäten, Forschungseinrichtungen u.v.m. nutzen diese Dienstleistung von tredition, um unter eigener Marke ohne Risiko Bücher zu verlegen.

Alle Informationen im Internet: **www.tredition.de/fuer-verlage**

tredition wurde mit mehreren Innovationspreisen ausgezeichnet, u. a. mit dem Webfuture Award und dem Innovationspreis der Buch Digitale.

tredition ist Mitglied im Börsenverein des Deutschen Buchhandels.

Dieses Werk elektronisch lesen

Dieses Werk ist Teil der Gutenberg-DE Edition DVD. Diese enthält das komplette Archiv des Projekt Gutenberg-DE. Die DVD ist im Internet erhältlich auf **http://gutenbergshop.abc.de**

Zeitfracht Medien GmbH
Ferdinand-Jühlke-Straße 7
99095 Erfurt, Deutschland
produktsicherheit@kolibri360.de